作文基本功
好詞好句是這樣練成的

朱建國 著

商務印書館

本書繁體中文版由人民郵電出版社有限公司授權商務印書館（香港）有限公司
在香港、澳門地區出版。

作文基本功 —— 好詞好句是這樣練成的

作　　者：朱建國

責任編輯：吳一帆

封面設計：黃鑫浩

出　　版：商務印書館（香港）有限公司

　　　　　香港筲箕灣耀興道 3 號東滙廣場 8 樓

　　　　　http://www.commercialpress.com.hk

發　　行：香港聯合書刊物流有限公司

　　　　　香港新界荃灣德士古道 220－248 號荃灣工業中心 16 樓

印　　刷：美雅印刷製本有限公司

　　　　　九龍觀塘榮業街 6 號海濱工業大廈 4 樓 A 室

版　　次：2023 年 3 月第 1 版第 2 次印刷

　　　　　© 2020 商務印書館（香港）有限公司

　　　　　ISBN 978 962 07 0578 6

　　　　　Printed in Hong Kong

目錄

第三章　篇章小鎮 —— 題目、開頭、結尾

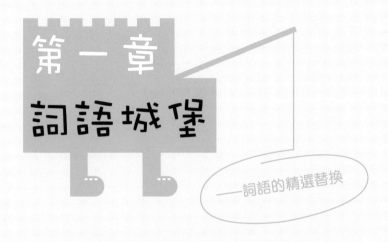

第一章
詞語城堡

——詞語的精選替換

　　小朋友，歡迎你來到詞語城堡做客！

　　我們知道，品酒師能品嚐出葡萄酒的年份和產地，因為他有着敏銳的味覺；染布工能分辨出各種程度不一的黑色，因為他有着敏銳的視覺；擅長寫作的同學能寫出精彩的句子，因為他對詞語有着敏銳的感知力。

　　普通人口中差不多的葡萄酒，在品酒師的口中，有着不一樣的滋味；普通人眼中同樣的黑色，在染布工的眼中，卻能分成十幾種。同樣的道理，作文水平普普通通的同學筆下反覆單調使用的詞語，如「看」、「說」、「想」……在擅長寫作的同學的筆下，卻有着多種不同的寫法。

　　接下來，讓我們徜徉在詞語城堡裏，一起學習精準化、多樣化地使用詞語。

01 表示「看」的不同詞語

■ 在詞語城堡裏，「看」這個詞語也有着許多兄弟姐妹。而「看」也是我們在作文中常常用到的詞語。如：

> 1. 抬頭**看**，一朵朵白雲在藍天下慢悠悠地飄着。
>
> 2. 我好奇地**看**着這位從遠方而來的陌生叔叔。
>
> 3. 星期天，媽媽帶我去醫院**看**生病住院的奶奶。
>
> 4. 我悄悄地從書包裏掏出課外書，津津有味地**看**着，眼睛一眨不眨，猶如一隻飢餓的貓**看**着香噴噴的魚一樣。

　　其實，我們可以把這些句子中的「看」，換成其他意思相近的「詞語」兄弟姐妹呢。

　　可以怎麼換呢？

　　句 1 中的「看」，可以換成「仰望」。「仰」是抬着

頭的意思，「望」則是朝遠處看。換成「仰望」，句子的意思是不是更具體一點呢？

句 2 中的「看」可以換成「打量」。這意味着上上下下、仔仔細細、反反覆覆地看，從而把「我」對陌生叔叔的好奇心表現得更生動了，你說是嗎？

句 3 中的「看」可以換成甚麼詞？這還不簡單，可以把它換成「看望」或者「探望」，流露出媽媽和「我」對奶奶的關心。

句 4 中，後一個「看」字可以改為「盯」，更能寫出書本對自己的吸引力很大，表現出看書看得很投入。

以上四個句子，把其中的「看」換成了其他詞，句子的意思更加具體，句子傳遞出來的內容更加豐富。這就是此處無「看」勝似「看」。

我們來欣賞一段描寫神奇的變色龍捕食的文字。

> 你別看變色龍可以連續幾個小時掛在枝葉上一動也不動，但牠是在似睡非睡地**窺探**着，伺機捕捉昆蟲。牠的每隻眼睛都能單獨轉來轉去，分別**觀望**

四面八方的東西。當牠的兩隻眼睛同時**注視**着前方時，就會產生一種立體感，準確地判斷自己與昆蟲之間的距離，用舌頭捕獲食物。

　　這段話中，有三個表示「看」的詞語：「窺探」、「觀望」和「注視」。但是它們表示的「看」的方式卻有所不同：「窺探」表示躲在暗處偷偷地看；「觀望」表示向四周和遠處看；「注視」表示注意力集中地看。

　　設想一下，如果作者描寫變色龍捕食時，沒有使用「窺探」、「觀望」、「注視」這三個詞，而是全都用了「看」，效果會怎樣呢？

　　不難發現，如果全都用了「看」，用詞顯得單調，句子不那麼生動了。

　　平時多積累一些表示「看」的詞語，這會幫助你把句子寫得更有文采。

　　你積累了哪些表示「看」的詞語呢？

老師也積累了一些這樣的詞語呢！請你邊讀邊想，它們的意思有甚麼不同。

> 瞪、盯、瞧、瞄、瞥、
>
> 眺望、俯視、緊盯、打量
>
> 端詳、凝視、觀察、瞻仰
>
> 東張西望、極目遠眺⋯⋯

光積累，不會運用，還遠遠不夠。

最後，讓我們走進練兵場，實戰訓練一下吧！

填一填
練兵場

你能把這些表示「看」的詞語，填入下面的句子中嗎？

環顧　緊盯　瞄　注視　端詳

① 梅蘭芳常常（　　）空中飛翔的鴿子，或者（　　）水底游動的魚兒。

② 李時珍從藥包裏翻出兩種草，細細（　　）了一陣。

③ 李明建謹慎地（　　）四周，發現沒人跟蹤，這才走進藥店，把情報交給了老闆。

④ 考試時，有一題我不會，於是我偷偷地（　　）了一下同桌的試卷。

O2 表示「說」的不同詞語

■ 作文中，常常用「說」這個詞語來引出人物的語言。如：

    1. 去年，表弟的大門牙掉了，可等了幾個月一點動靜也沒有，阿姨只好帶他去看醫生。醫生瞧了瞧，**說**道：「這孩子肯定是平時做事很慢，牙齒也在裏面睡懶覺，不願意出來。」

    2. 灰太狼看到小羊們拿着武器出來，知道上當了，就對小羊們**說**：「你們敢欺騙我！」

    3. 每次去上學，奶奶總會對我**說**：「過馬路時要小心，要注意過往車輛。」

    4. 看到兄弟倆把家裏弄得一團糟，媽媽生氣地**說**：「你們真是太調皮，太讓我操心了。」

如果一大段語言描寫中僅僅使用「說」，可能會顯得有些單調。

有些孩子在描寫人物語言時，能多樣化使用表示「說」的詞語。

請你試着比較一下片段一和片段二。你覺得哪一個片段更加精彩？

片段一：

> 　　突然，聽到一聲**大吼**：「繆永旭，你在幹甚麼？」我嚇得魂飛魄散，慌裏慌張地忙把書塞進了抽屜。抬頭一看，原來老師已來到我身邊。「要我把你的東西搜出來嗎？」老師厲聲**呵斥**，並以最快的速度伸出手把我的書搜了出來，給沒收了。回家後，我又被媽媽狠狠地**嘮叨**了一會兒：「上課不認真聽講，看課外書，太不尊重老師了……」

片段二：

> 突然，聽到有人**說**：「繆永旭，你在幹甚麼？」我嚇得魂飛魄散，慌裏慌張地忙把書塞進了抽屜。抬頭一看，原來老師已來到我身邊。「要我把你的東西搜出來嗎？」老師**說**，並以最快的速度伸出手把我的書搜了出來，給沒收了。回家後，我又被媽媽狠狠地**說**了一會兒：「上課不認真聽講，看課外書，太不尊重老師了……」

片段一中，用上了「大吼」、「呵斥」，我們好像看到了老師那張嚴肅的臉；用上了「嘮叨」，我們似乎能感覺到媽媽對小作者的不滿。這就是此處無「說」勝似「說」。

描寫人物語言時，我們要能根據人物說話時不同的心情、不同的語氣語調、不同的說話方式與目的，運用不同的表示「說」的詞語。

這需要我們平時閱讀時，多留心表示「說」的詞語，

多積累表示「説」的詞語。

你積累了哪些表示「説」的詞語呢？

不説不知道，一説嚇一跳。原來，「説」字大家族裏的兄弟姐妹竟然有這麼多。如：

> 喊、抱怨、勸、解釋、囑咐、反駁、嘮叨、安慰……

其實，這些詞語的意思有着細微的差別。

「喊」是大聲地説。

「抱怨」是有點不滿地説。

「勸」是想讓別人改變主意。

「解釋」是向別人揭示事實的真相。

「囑咐」是不放心地説，引起對方注意。

「反駁」是不贊同別人的意見，從而提出自己的看法。

「嘮叨」是反覆不停地説，甚至有點讓人厭煩。

「安慰」是對心情不好的人説，想讓對方的心情好起來⋯⋯

為了使小朋友們記往使用表示「説」的不同詞語，這裏還有一套口訣呢——

> 靈巧小嘴巴，
>
> 每天都説話。
>
> 用好「説」的詞，
>
> 作文頂呱呱！

相信你以後描寫人物語言時，一定不會再單調使用「説」，而是能多樣使用表示「説」的詞語了。

最後，讓我們再次走進練兵場，練練身手吧！

 練兵場　你能把下面句子中的「說」改成其他表示「說」的詞語嗎？試試看喲！

① 去年，表弟的大門牙掉了，可等了幾個月一點動靜也沒有，阿姨只好帶他去看醫生。醫生瞧了瞧，說道：「這孩子肯定是平時做事很慢，牙齒也在裏面睡懶覺，不願意出來。」

我這樣改：--------------------------------

----

② 灰太狼看到小羊們拿着武器出來，知道上當了，就對小羊們說：「你們敢欺騙我！」

我這樣改：--------------------------------

----

③ 每次去上學，奶奶總會對我說：「過馬路時要小心，要注意過往車輛。」

我這樣改：--------------------------------

----

④ 看到兄弟倆把家裏弄得一團糟，媽媽生氣地說：

「你們真是太調皮，太讓我操心了。」

　　我這樣改：--

----

03 表示「想」的不同詞語

作文王國裏，有個孩子叫呆呆。一天，呆呆看完動畫片《暴力雲與送子鸛》，就把這部動畫片改寫成了一篇作文。作文中多處描寫了暴力雲的心理活動。如：

> 1. 暴力雲見到鸛飛走了，心中十分奇怪，他**想**：我合作的好夥伴為甚麼要飛走呢？牠不送我的東西，怎麼就飛到另一朵雲上了呢？難道是要拋棄我了嗎？
>
> 2. 見了鸛從另一朵雲那兒接過包裹，暴力雲**心想**：我為甚麼只製造有攻擊性的小動物呢⋯⋯他想着想着又後悔了，難過得大哭起來。
>
> 3. 暴力雲**心想**：我的好夥伴不是背叛我了嗎？怎麼又回來了？他疑惑不解。

作文中，呆呆把暴力雲的心理活動描寫得十分具體。美中不足的是，呆呆在描寫人物心理活動時，總是採用「某某想……」、「某某心想……」的句式。

　　引出人物的心理活動，除了用「某某想……」、「某某心想……」這些最基本的句式之外，難道就沒有其他更精彩的寫法了嗎？

　　當然不是！

　　有些孩子描寫暴力雲的心理活動時，就沒有使用「某某想……」、「某某心想……」這樣單調的句式。請讀一讀下面的幾個片段，留心綠色字體的句子哦！

　　1. 看着看着，暴力雲的腦海裏突然蹦出了一個可怕的念頭：牠不會是想背叛我，去給別的雲送小動物了吧？想到這裏，暴力雲的眼神頓時暗了下來，心情也低落到了谷底。（劉詩雨）

　　2. 鸚拍打了幾下翅膀，飛走了。暴力雲手裏捧着鯊魚愣愣地看着鸚遠去的背影。他十分不解：我的好搭檔，你要去哪兒？你為何離我而去，去幫助

別的雲？我討厭你！(葉昕宇)

　　3.當暴力雲極度憤怒時，他看見粉紅雲正在將一個包裹遞給鸛，暴力雲看着這一切，他似乎明白了一個事實：鸛不會再為自己送動物寶寶了，牠不要我了，牠不要我了，而要和粉紅雲成為搭檔了，真是十足的叛徒，叛徒……(楊雙舟)

　　這些片段中引出人物心理活動時，用了「腦海裏突然蹦出了一個可怕的念頭」，「十分不解」，「似乎明白了一個事實」，讓對心理活動的描寫變得更加精彩了。

　　這種寫作技巧就是此處無「想」勝似「想」。

　　請你再欣賞幾個描寫人物心理活動的片段。留心綠色字體的句子，看一看小作者是如何引出人物的心理活動的。

　　4.鼴鼠盡情地在這美麗的食海中漫遊着，心裏盤算着：這麼多食物夠我吃一百年了！我要先吃甚

麼呢？胡蘿蔔？不，我不愛吃胡蘿蔔。粟米？不，我現在不想吃粟米。番茄？好，就先吃我最愛吃的番茄吧！

「這麼多食物……先吃我最愛吃的番茄吧！」是鼴鼠的心理活動。小作者沒有寫「鼴鼠心想」，而是用「心裏盤算着」引出心理活動。妙！

5. 走着走着，琪琪的腦海裏不禁產生了許多疑惑：這一路上怎麼沒有任何危險呢？為甚麼沒有我想像的美麗風景呢？難道是我們螞蟻有特異功能嗎？（劉詩雨《環遊世界》）

「這一路上……有特異功能嗎？」是琪琪的心理活動。小作者沒有說「琪琪心想」，而是寫了「琪琪的腦海裏不禁產生了許多疑惑」。

6.「哈哈！」我驚喜地發現，「這不就是我的作文本嗎……」翻過來一看，「哎，原來是英語作業本！」我大跌眼鏡，同時心中祈禱：作文本，作文本……你快點出現吧！（王寄舟《作文本變奏曲》）

片段中，小作者沒有用「我想」引出心理活動，而是用了「心中祈禱」，把自己內心的期盼描寫得淋漓盡致。

你積累了哪些表示「想」的詞語或短句呢？

詞語衣櫃

心中想的內容不同，表示「想」的詞語或短句就不同：可以是「盤算」、「計劃」；可以是「禱告」、「祈禱」；可以是「明白」、「懂得」；可以是「不解」、「奇怪」；可以是「產生疑惑」、「產生困惑」……

相信你在今後的作文中，一定會用好表示「想」的詞語或短句，不再單一地使用「某某想」、「某某心想」。

走進練兵場，開始訓練吧！

練兵場

你還記得呆呆描寫暴力雲心理活動的三個片段嗎？

❶ 暴力雲見到鸛飛走了，心中十分奇怪，他想：我合作的好夥伴為甚麼要飛走呢？牠不送我的東西，怎麼就飛到另一朵雲上了呢？難道是要拋棄我了嗎？

❷ 見了鸛從另一朵雲那兒接過包裹，暴力雲心想：我為甚麼只製造有攻擊性的小動物呢……他想着想着又後悔了，難過得大哭起來。

❸ 暴力雲心想：我的好夥伴不是背叛我了嗎？怎麼又回來了？他疑惑不解。

請你選擇其中一兩個句子，幫助呆呆改一改，不再用「(心) 想……」的句式。

正確運用「的」、「地」、「得」

■ 　詞語城堡裏，生活着三個小兄弟「的」、「地」、「得」。他們長着不一樣的面孔。請看，他們出場了 ──

> 的「白勺的」粵dik¹普de

> 地「土也地」粵dei⁶普de

> 得「雙人得」粵dak¹普de

　　詞語城堡裏的居民們，為了能區分這兄弟三人，就把老大叫作「白勺的」，把老二叫作「土也地」，把老三叫作「雙人得」。

　　這三個小兄弟，每人都承擔着不同的任務。

　　老大「白勺的」負責保衞名詞家族。

　　甚麼是名詞呢？名詞是表示事物名稱的詞語。說

到這些詞語，我們的腦海中一般就能浮現出相關的事物。如：

石頭、眼睛、泥土、西瓜……

「白勺的」通常就站在這些名詞的前面。如：

水底的石頭、明亮的眼睛、鬆軟的泥土、甜甜的西瓜……

老二「土也地」負責保衞動詞家族。

甚麼是動詞呢？動詞是表示事物動作的詞語。如：

哭、説、走、飛……

「土也地」，通常站在動詞的前面。説明這個動作是怎樣做的，是怎樣完成的。如：

> 大聲地哭、高興地說、慢慢地走、快樂地飛……

老三「雙人得」也要負責保衛動詞。不過，他和二哥「土也地」不一樣，「雙人得」喜歡站在動詞的後面，表示這個動作做得怎麼樣，或者完成得怎麼樣。如：

> 哭得使勁、說得高興、走得很慢、飛得快樂……

請你試着讀一讀，比一比，感受一下「雙人得」和「土也地」的不同用法吧。

「雙人得」除了保衛動詞，還保衛形容詞呢。

甚麼是形容詞呢？形容詞通常是修飾名詞的詞語。如：

> 紅（紅的蘋果）、黑（黑色的頭髮）、清（清清的河水）、大（大大的眼睛）⋯⋯

形容詞的後面用「雙人得」，指的是一種程度。如：

> 紅得發紫、黑得發亮、清得見底、大得出奇⋯⋯

為了幫小朋友們了解並熟記這三位兄弟的不同分工，詞語城堡裏的居民們還為「的」、「地」、「得」三兄弟編寫了口訣呢 ——

> 名詞前面用「白勺」，
>
> 動詞前面「土也」跑，
>
> 「動」、「形」後面「雙人」到，
>
> 「的」、「地」、「得」用法要記牢。

小朋友，你能理解這個口訣嗎？你能正確用好「的」、「地」、「得」嗎？

接下來,讓我們一起走進練兵場,練練身手吧。

練兵場 　請在括弧裏填入正確的「的」、「地」、「得」。

① 老師輕聲（　　）問:「作業完成了嗎?」

② 小烏龜的頭快速（　　）縮進了安全（　　）「鎧甲」裏。

③ 我發現薄荷（　　）葉子舒展了,莖也挺直了,變（　　）朝氣蓬勃。

④ 黃龍（　　）水就是一名能工巧匠,把水底（　　）石頭打磨（　　）光光滑滑。

05　結合上下文，表達「有」

■　作文中，有時會寫到表示存在的句子，不少孩子只能單調地使用「有」這一個詞語，寫出「甚麼地方有甚麼」的句子。如：

> 1. 天上**有**一朵朵白雲。
> 2. 天安門廣場中央**有**高大的人民英雄紀念碑。
> 3. 山溝周圍**有**九個藏族村寨，所以人們稱它九寨溝。

其實，這些句子中的「有」，還可以換成其他更生動形象的詞語。

第 1 句中的「有」，可以換成另外一個動詞。聰明的你一定猜到了，是「飄着」。變成：

> 天上飄**着**一朵朵白雲。

　　瞧，這樣一來，就把白雲飄飄悠悠、自由自在的樣子描寫出來了。

　　寫作文時，將句中的「有」換成了更加精確的動詞，這樣一來，讀者的腦海中就更容易浮現出畫面來。這就是此處無「有」勝似「有」。

　　再比如說第 2 句，句中的「有」，僅僅告訴我們天安門廣場中央有紀念碑這個事實，除此以外，就再也不能傳遞更豐富的內容了。

　　我們把「有」換成更精確、更形象的動詞 ——「矗立」，可以使這個普通的句子變得生動起來：

> 天安門廣場中央**矗立**着高大的人民英雄紀念碑。

　　「矗」字，含有三個「直」。用了這個詞，我們好像看到了紀念碑非常高大、非常挺拔地直立在我們的眼前。這樣一來，這個句子表達的內容更加豐富了。你說是不是呢？

　　第 3 句同樣使用了「有」這個詞語，僅僅告訴讀者

山溝周圍有九個藏族村寨這件事。我們試着把「有」換成「散佈」：

> 山溝周圍**散佈**着九個藏族村寨，所以人們稱它九寨溝。

閉着眼睛想一想吧，「散」就是分散的意思，説明這九個藏族村寨並不是集中在一起的，而是東邊一個，西邊一個，零零散散地分佈着，相隔非常遙遠。用「散佈」這個詞，不正是告訴我們，那裏的山溝非常大，非常神秘嗎？

學習了上面的三個例子，相信你一定感受到漢語詞彙非常豐富。句子中的「有」往往可以換成另外的動詞，這樣一來，句子就變得更加形象，句子的內容就會更加豐富了。

小朋友，今後寫作文時，遇到「有」，不妨停筆想一想，這裏的「有」能不能換成其他更形象的動詞。

來，走進練兵場，讓你的大腦做做思維體操吧！

練兵場

你能把下面句子裏的「有」，換成其他的動詞嗎？

① 奶奶家的門前，有一條彎彎的小河。

② 彎彎的小河上，有一座小石橋。

③ 深藍的天空中有一輪金黃的圓月。

④ 在一個村子裏，有一位苗族老奶奶。

⑤ 老爺爺的臉上，有溝壑般的皺紋。

⑥ 秋天到了，道路一旁，有各種各樣的菊花。

06　寫好比喻句

■　聰明的孩子都知道，要想寫好作文，離不開比喻句的使用。適當採用一些比喻句，可以幫助我們把一個事物、一處場景寫得更加生動。如：

> 很久很久以前，天和地混沌一團，就**像**一個大雞蛋。

天和地混沌一團，是甚麼樣子？如果不採用比喻句，我們就很難描述清楚。現在，我們採用比喻的方法，把混沌一團的天地比作一個大雞蛋，就非常容易把這種情景描述清楚了。

再如：

> 天空**像**藍色的寶石，一碧如洗；樹葉**像**美麗

的翡翠，青翠欲滴；溪流**像**透明的絲綢，清澈見底……

　　這個片段中，作者採用一連串的比喻描寫了一處風景，把天空比作寶石，把樹葉比作翡翠，把溪流比作絲綢。作者用寶石、翡翠、絲綢這些美麗的事物來寫風景，這樣一來，風景是不是更加美麗了呢？

　　原來，運用比喻，可以把很難講清楚的事物介紹得很清楚，可以把美麗的景物描寫得更加美麗！比喻的作用真強大！

　　寫比喻句，我們最常寫到的句子是「（　　）像（　　）。」

　　「像」就是比喻詞。除了「像」，比喻詞大家族裏還有很多成員。如：

好像、彷彿、似乎、如、宛如、如同、猶如、似、恰似、變成、成了……

多樣化地使用比喻詞，而不是單調地使用「像」，可以幫助我們把比喻句寫得更生動。

請你讀一讀改動後的句子，試着和原來的句子比一比。

> 天空**如同**藍色的寶石，一碧如洗；樹葉**好似**美麗的翡翠，青翠欲滴；溪流**宛如**透明的絲綢，清澈見底……

你感覺到了嗎？用上了「如同」、「好似」、「宛如」這樣的比喻詞，眼前的景色似乎變得更美了！

這是為甚麼？秘密就藏在這些比喻詞中。因為，「如同」、「好似」、「宛如」、「彷彿」等比喻詞，書面語色彩很濃，本身就能給我們帶來美感。比喻句中用上它們，當然就能把句子「打扮」得更美了。

這就是此處無「像」勝似「像」。

小朋友，希望你寫作文，尤其是在寫描繪景物的作文時，能多樣化地使用比喻詞，這樣可以使你的作文更美哦！

請你再來欣賞一個片段。

> 等鍋裏的水乾了以後，把油倒進去。待油冒青煙時，把蛋汁倒進鍋裏。蛋汁在油鍋裏變成了一朵大大的向日葵花，黃燦燦的，漂亮極了。

這個片段中也藏了一個比喻句。

> 蛋汁在油鍋裏變成了一朵大大的向日葵花，黃燦燦的，漂亮極了。

這個比喻句中，把漸漸凝固起來的蛋汁比作了向日葵花。

句中既沒有用「像」，也沒有用「宛如」、「彷彿」這樣的比喻詞，而是用了「變成」。這樣一來，就讓我們感受到蛋汁動態變化的過程，句子顯得更為生動了。

原來，用「變成」、「成了」這樣的比喻詞，可以描寫出事物動態變化的過程呢！

小朋友，比喻句的學問還真不少呢！看來，要想作文中的比喻句寫得更生動，不要總是單調使用「像」，而是要想一想可不可以使用其他比喻詞。

來，讓我們走進練兵場，練練身手吧。

| 找一找 | 下面的片段中，用了三個比喻句描寫夜晚的香港。找出其中的比喻詞，感受這 |
| 練兵場① | 樣寫的好處。 |

一到夜晚，整個香港就成了燈的海洋。港灣裏閃耀的燈光，好似五顏六色的焰火濺落人間。馬路上一串串明亮的車燈，如同閃光的長河奔流不息。

| 填一填 | 填入合適的比喻詞。 |
| 練兵場② | |

(1) 春天到了，漫山遍野，（　　　　）花的海洋。

(2) 青青草葉上的小露珠，（　　　）鑽石那麼閃亮，
（　　　）水晶一樣透明，又（　　　）珍珠一般圓潤。

用對量詞，用好量詞

■ 許多孩子在作文中不能精確地運用量詞，不能多樣化地運用量詞。

作文中用得最多的量詞就是「個」。如：

> 1. 一**個個**透明的露珠在一**個個**綠色的荷葉上滾來滾去。
>
> 2. 於是，我便學着爸爸的樣子，拿**個**餃子皮放點餡，兩手使勁一捏，就包好了一**個**餃子。
>
> 3. 自從逃出王宮後，南郭先生一直在深思：我該怎樣做，才能既不用功練習，又不會被國王發現呢？一**個**從 21 世紀穿越過來的商人來到他家，對他說：「我有一**個**很好的錄音機，你要嗎？五十兩銀子一**個**……」頓時，他想出了一條「妙計」。

相信你一定發現以上三個句子中的問題了吧。

對，問題就出在小作者不能精確運用量詞上。

句 1 中，「一個個透明的露珠」、「一個個綠色的荷葉」，讀起來是不是覺得非常彆扭呢？

可以怎樣改？

可以把「一個個透明的露珠」改成「一顆顆透明的露珠」；把「一個個綠色的荷葉」改成「一片片綠色的荷葉」。這樣一改，就能寫出露珠圓溜溜的樣子，還能把葉子的樣子寫得更加形象呢！這就是用對量詞，用好量詞。

同樣的道理，句 2 中，「拿個餃子皮」中的「個」，可以改成「張」。「張」，就寫出了餃子皮薄薄的樣子。

句 3 中，「一個很好的錄音機」中的「個」，可以改成「台」或者「部」。這樣一改，讀者就能感受到錄音機方方正正的樣子呢！

量詞看上去很小，可是作用卻很大。它可以幫助我們把句子寫得更加形象。

作文中不能總是單調地，或者習慣性地使用量詞

「個」。量詞大家族裏的兄弟姐妹們有很多。如：

> 顆、張、支、塊、頭、台……

它們往往可以替換量詞「個」。

留心這一點，相信你在以後寫作文時，一定會注意到量詞的精確運用。寫到「個」時，想一想，它能不能換成更形象、更精確的量詞。

如果你能精確、多樣地運用量詞，你的作文會更加精彩！

走進練兵場，訓練一下吧。

填一填
練兵場

你的量詞積累得怎麼樣？你能在下面的括弧裏，填入合適的量詞嗎？試試吧！

一（　）羊　　一（　）牛

一（　）蛇　　一（　）駿馬

一（　）刀　　一（　）筆

一（　　）書　　一（　　）橡皮

一（　　）車　　一（　　）牀

一（　　）燈　　一（　　）樓房

一（　　）米　　一（　　）花

一（　　）水　　一（　　）西瓜

O8 一定要用「然後」嗎？

小時候，小朋友聽媽媽講故事，總是喜歡追着媽媽問：「然後呢？然後呢？然後呢？」

長大點，寫敘事作文，有的孩子就習慣用「然後」、「然後」、「然後」。

在香港，市民未經批准是不可以燃放煙花的，而內地對放煙花的限制則寬鬆很多。過年時，呆呆回廣東農村的外婆家探親，寫了一篇記敘放煙花的作文。這是其中的一個片段：

> 我先拿了一個閃光飛彈，點燃它，**然後**把它扔出去，它的周圍頓時忽閃忽閃的。只聽一聲巨響，整個閃光彈外殼都炸成灰燼了。**然後**，我又拿了一個閃光飛彈，插在泥土裏，點燃導火線，只聽「咻」的一聲，閃光飛彈飛向了空中。**然後**，它又「嘭」

的一聲爆炸了，化作一朵美麗的煙花。

　　這個片段中，呆呆用一連串的動詞，如「拿」、「插」、「點燃」等，把放煙花的過程寫得很流暢；另外，他還能使用象聲詞「咻」、「嘣」，讓讀者讀後產生身臨其境的感覺。

　　美中不足的是，作文中出現了太多的關聯詞 ——「然後」。

　　這些句子中一定要用「然後」嗎？

　　當然不一定。有些「然後」就可以刪掉。如：

　　　我先拿了一個閃光飛彈，點燃它，然後把它扔出去……

　　刪除句中的「然後」，變成：

　　　我先拿了一個閃光飛彈，點燃它，把它扔出去……

發現了嗎？刪除「然後」，句子變得更加通順了。

再來看片段中的第二處「然後」：

> ……然後，我又拿了一個閃光飛彈……

這裏的「然後」如何處理呢？

後面寫了第二次放閃光飛彈，因此，這裏的「然後」可以保留，起到銜接的作用。當然，也可以用「接着」來代替「然後」，變成：

> ……接着，我又拿了一個閃光飛彈……

最後，重點來看第三個「然後」：

> ……閃光飛彈飛向了空中。然後，它又「嘣」的一聲爆炸了……

第三個「然後」必須刪除。刪除後，把原來的兩句話，合併成一句話：

> 只聽「咻」的一聲，閃光飛彈飛向了空中，又「嘣」的一聲爆炸了，化作一朵美麗的煙花。

為甚麼必須刪除呢？

原來，閃光飛彈從升空到爆炸，時間很短。刪除「然後」，兩句合併成一句，讀者就能感受到閃光飛彈升空爆炸的過程是短暫的。這裏的「然後」當然就可以不用了。

經過修改，原來的片段變得更加流暢。不信，請你比一比。

> 我先拿了一個閃光飛彈，點燃它，把它扔出去，它的周圍頓時忽閃忽閃的。只聽一聲巨響，整個閃光彈外殼都炸成了灰燼。接着，我又拿了一個閃光飛彈，插在泥土裏，點燃導火線，只聽「咻」的一聲，閃光飛彈飛向了空中，又「嘣」的一聲爆炸了，化作了一朵美麗的煙花。

寫作文，尤其是敍事作文，一定要注意是不是犯了「然後」病。

如果是，不妨想一想，句中是否一定要用「然後」？

能刪除的，儘量刪除；不能刪除的，可以保留一個「然後」，其餘的「然後」則用「再」、「之後」、「接着」、「後來」等其他表示前後順序的關聯詞來替換。

小朋友，這個寫作小方法，你掌握了嗎？

最後，走進練兵場，訓練一下吧！

改一改	下面也是呆呆作文的片段，其中的「然
練兵場	後」一定要使用嗎？可以怎樣改呢？請你試一試。

晚飯後，我和爸爸又拿來一箱四方形的大煙花和一卷百子炮。爸爸先把百子炮鋪開，用打火機點燃。頓時，響起了震耳欲聾的「噼哩啪啦」聲，過了好久才停止。然後，我也壯着膽子，用那顫顫巍巍的左手點燃了大煙花的導火線，然後又以閃電般的速度衝到了 20 米開外。然後，便在那裏觀賞起大箱子裏噴出的一朵朵美麗的煙花來。

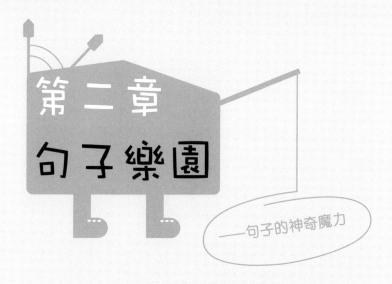

第二章
句子樂園

——句子的神奇魔力

　　抓住了中心句，你就有了整體佈局的結構能力。

　　搭好了過渡句，上下文的銜接就會更加緊密。

　　描寫人物語言時，我們還需要掌握提示語的變化。

　　對稱句、排比句，可以讓作文更美觀，更有氣勢。

　　而「長句變短」、「句子排隊」，更是許多老師不會專門講到的技巧。

　　這些和句子有關的寫作技巧統統都在句子樂園中。我們一起來學習吧！

抓中心句，寫出結構

■　歡迎你來到海底世界。海底的植物種類很多。

這裏有一段介紹海底植物的話：

> 海底植物的差異很大。它們的色彩多種多樣，有褐色的，有紫色的，還有紅色⋯⋯它們的形態各不相同。就拿大家族海藻來說，從借助顯微鏡才能看清楚的單細胞硅藻、甲藻，到長達幾百米的巨藻，就有八千多種。

第一句是這一段的中心，我們把它叫作中心句，因為它的位置在開頭，我們又把它叫作總起句。後面的兩句話圍繞着中心句，分別從「色彩」、「形態」兩個方面，具體來寫海底植物的差異很大。

看了下面的結構圖，你就很容易看清這三句話之間的關係了。有了中心句，這段話的結構感是不是更強了呢？

這種寫法是我們最常見的一種段落結構，叫「總分」結構。我們還可以把「先總後分」改成「先分後總」。

中心句的位置移到後面，這個時候，它就不再叫總起句，而是叫總結句。「結」是「結束」的意思。

欣賞了海底的植物，一起來看看海底的動物吧！

海底動物的活動方式很有趣，這裏有一段介紹它們活動的文字呢。

海底動物各有各的活動特點。海參靠肌肉伸縮爬行，每小時只能前進四米。梭子魚每小時能游幾十千米，攻擊其他動物的時候，比普通的火車還要快。烏賊和章魚能突然向前方噴水，利用水的反推力迅速後退。有些貝類自己不動，但能扒在輪船底下做免費的長途旅行。還有些深水魚，它們自身就有發光器官，游動起來像閃爍的星星。

　　開頭第一句是這一段的中心句。後面幾個小分句分別介紹了海參、梭子魚、烏賊和章魚、貝類、深水魚這些動物的活動特點。

　　有了中心句，這段話的結構感更強了。下面是這段話的結構圖。

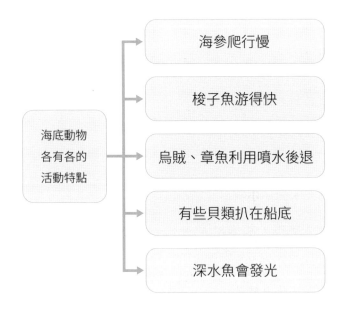

　　我們還可以把中心句放在這段話的後面，變成總結句。

　　中心句的作用可大啦。多種類型的作文都可以使用它。下面我們來欣賞一篇寫小動物的作文。

可愛的「綠石頭」

張洪彬

　　瞧，一塊「綠石頭」！哈哈，牠就是我家的小烏龜樂樂。

　　說樂樂長得帥，一點兒也不誇張。牠有一張三角形的臉，兩隻撲閃撲閃的小眼睛，脖子像彈簧似的，伸縮自如。牠身穿一件灰白色的格子「外衣」，背上披着一件又硬又重的「鎧甲」，就像一位「英勇的戰士」。

　　樂樂捕食最狡猾了。記得有一次，我捉了一條小魚放入水缸，小魚在水裏悠閒自得地游來游去，樂樂發現了獵物，就使出了看家本領——裝死。在小魚距離牠只有幾釐米遠的時候，說時遲，那時快，只見牠迅速地伸出脖子，猛地張開月牙形的小嘴，便把小魚咬住了。可是小魚對牠而言比較大，牠一口吞不下去。牠眨了眨眼睛，靈機一動，用前肢使勁一拉小魚，可憐的小魚就犧牲了。樂樂便津津有味地品嚐着自己的戰利品。吃完以後，就揚揚得意地在魚缸裏游來游

去，還不時地吐泡泡，好像在說：「你看，我多麼厲害呀！」

　　樂樂還非常調皮。有一次，我放學回家，把樂樂放到凳子上，想逗牠玩。誰知牠卻變成了一塊「綠石頭」裝睡覺，眼睛緊閉着，四腳緊縮在殼裏，小尾巴一搖一擺的，非常可愛。我用力地捏捏牠的尾巴，使勁地敲敲牠的殼，可牠還是一動不動。牠難道真的睡着了？我無奈，便先去寫作業，可等我寫完作業，往凳子上一看，呀，樂樂不見了。我焦急地去找牠，可把整個房子都找遍了也找不到。這時，肚子「咕嚕」一聲，我想：先去冰箱裏拿東西吃了再找吧！結果發現樂樂就在冰箱前用可憐巴巴的眼神看着我，好像在說：「我好餓呀！」

　　哦，「綠石頭」，你是那麼可愛，那麼頑皮，讓我怎能不喜歡你呢？

這篇作文三個自然段都有中心句。相信你一定發現了。分別是：

> 說樂樂長得帥，一點兒也不誇張。
>
> 樂樂捕食最狡猾了。
>
> 樂樂還非常調皮。

瞧，有了這些中心句，《可愛的「綠石頭」》這篇作文的層次看上去清晰多了，作文也更有結構感了。

今後寫作文時，我們要根據實際需要，妥善運用中心句哦。

最後，讓我們走進練兵場，一起來練練身手吧。

海底世界的聲音真是豐富多彩。

有的（　　　　　　　　　　　　　　　　　　　　）；

有的（　　　　　　　　　　　　　　　　　　　　）；

有的（　　　　　　　　　　　　　　　　　　　　）；

有的（　　　　　　　　　　　　　　　　　　　）……

(1) 寫景片段：

秋天是一個（　　　　　　　　　　　　　　　　）。

一片片枯黃的樹葉紛紛飄落下來，就像一隻隻自由飛舞的金色蝴蝶。走在落葉上，感覺柔柔的，還發出了「咯吱、咯吱」的響聲，就像音樂家彈奏起了「秋天交響曲」。

秋天也是一個（　　　　　　　　　　　　　　　）。

稻子金黃金黃的，遠遠望去，就像滿地的金子，等着

人們的到來。火紅火紅的高粱樂紅了臉，似乎喝醉了酒，遠遠望去，就像燃燒的火焰。粟米姑娘也不甘示弱，頂着頭上「帥氣的小辮子」，向人們炫耀自己多麼神氣。（周子越）

(2) 寫動物片段：

貓的性格（　　　　　　　　　　　　　　　　）。

說牠老實吧，牠的確有時候很乖。牠會找個暖和的地方，成天睡大覺，無憂無慮，甚麼事也不過問。可是，牠決定要出去玩玩，就會出走一天一夜，任憑誰怎麼呼喚，牠也不肯回來。說牠貪玩吧，的確是呀，要不怎麼會一天一夜不回家呢？可是，牠聽到老鼠的一點響動，又是多麼盡職。牠屏息凝視，一連就是幾個鐘頭，非把老鼠等出來不可！（老舍）

10 搭過渡句，寫出連接

■ 　小朋友，你一定走過橋吧。橋能夠連接起河的兩岸。有了橋，我們就可以很方便地從河的這一邊走到對岸去。作文中有一類句子，它們的作用就和橋一樣，能連接上文和下文。

　　請你看一篇描寫橋的文章。這座橋可有一千多年的歷史了喲。

趙州橋

　　河北省趙縣的洨河上，有一座世界聞名的石拱橋，叫安濟橋，又叫趙州橋。它是隋朝的石匠李春設計和參加建造的，到現在已經有一千四百多年了。

　　趙州橋非常雄偉。橋長五十多米，有九米多寬，中間行車馬，兩旁走人。這麼長的橋，全部用石頭砌

成，下面沒有橋墩，只有一個拱形的大橋洞，橫跨在三十七米多寬的河面上。大橋洞頂上的左右兩邊，還各有兩個拱形的小橋洞。平時，河水從大橋洞流過，發大水的時候，河水還可以從四個小橋洞流過。這種設計，在建橋史上是一個創舉，既減輕了流水對橋身的沖擊力，使橋不容易被大水沖毀，又減輕了橋身的重量，節省了石料。

這座橋不但堅固，而且美觀。橋面兩側有石欄，欄板上雕刻着精美的圖案：有的刻着兩條相互纏繞的龍，嘴裏吐出美麗的水花；有的刻着兩條飛龍，前爪相互抵着，各自回首遙望；還有的刻着雙龍戲珠。所有的龍似乎都在游動，真像活了一樣。

趙州橋表現了勞動人民的智慧和才幹，是我國寶貴的歷史遺產。

請你注意文中的這句話：

> 這座橋不但堅固，而且美觀。

這句話這樣寫，好在哪兒呢？

《趙州橋》的第 2 段主要講了橋的堅固，第 3 段講了橋的美觀。這句話的前半句總結了上文，後半句引出了下文。有了這句話，文章就能從第 2 段自然、流暢地過渡到第 3 段。

這樣的句子，它和橋有着相同的作用，我們把它叫作過渡句。

橋能連接起河的兩岸；過渡句能連接起上文和下文，起到承上啟下的作用。

請你再來看一篇文章。想一想，這篇作文中，哪一句話的作用和橋一樣呢？相信你一定能找到裏面的「連接橋」。

錫林郭勒大草原

內蒙古錫林郭勒草原是廣闊美麗的。

藍天下面，滿眼綠色，一直鋪向遠方。山嶺上、深谷裏、平原上，覆蓋着青青的野草，最深的地方可以沒過十來歲的孩子，能讓他們在裏面捉迷藏。高低不平的草灘上，嵌着一窪窪清亮的湖水，水面映出太陽的七彩光芒，就像神話故事裏的寶鏡一樣。草叢中開滿了各種各樣的野花。鮮紅的山丹丹花，粉紅色的牽牛花，寶石藍的鈴鐺花，散發着陣陣清香。

草原不僅美麗，而且是個歡騰的世界。矯健的雄鷹在自由地飛翔，百靈鳥在歡快地歌唱。成羣的牛羊安閒地嚼着青草。小馬駒蹦蹦跳跳地撒歡兒，跟着馬羣從這邊跑到那邊。偶爾還會看到成羣的黃羊，牠們跑起來快極了，像一陣風。一碧千里的草原上還散落着一個個圓頂的蒙古包。小牧民騎在高高的馬背上，神氣地揮舞着鞭子，放聲歌唱：「藍藍的天上白雲飄，白雲下面馬兒跑……」

　　過渡句還可以單獨成段，變成過渡段呢！上面這篇文章中的過渡句「草原不僅美麗，而且是個歡騰的世界」獨立成段後，是不是更像一座橫跨上下文的橋了呢？

　　和中心句一樣，過渡句同樣可以用在多種類型的作文中。你能試着找出下文中的過渡句，並把它單獨成段，變成過渡段嗎？

竹子

　　竹，是極平凡的，然而，竹子和人們的生活息息相關。青青翠竹，全身是寶。竹竿既是建築的材料，又是造紙的原料；竹皮可編竹器；竹液可供藥用；竹筍味道鮮美，幫助消化。

　　翠竹不僅是「綠色的寶藏」，它那頑強不屈的品格，更讓人們欣賞。當春風還沒有融盡殘冬的餘雪時，新竹就悄悄地在地下萌芽了。春風一過，它就像一把利劍，穿過頑石，刺破硬土，直插雲天。暑往冬來，迎風鬥寒，經霜雪而不凋，歷四時而常茂，充分顯示了竹子不畏困難，不懼壓力的強大生命力。

相信你一定找出來了吧。

過渡句是作文裏的連接橋，能夠連接起上文與下文，使作文更有連接感。

最後，讓我們走進練兵場。

填一填
練兵場 ❶

請你用一個過渡句，把這兩段話連接起來。

鴿子

我最喜歡我家的那隻「帥鴿」。乳白色的尖嘴，墨綠色的脖子，深紫色的胸脯，黑色的身子，白色的翅膀和尾巴，搭配得多麼協調哇！

帥鴿天天領着一羣鴿子練習飛行。牠張開翅膀，一眨眼的工夫便飛上了藍天。牠時而低，時而高，時而快，時而慢，尾巴展開着，像一把白色的紙扇。飛累了，便落在對面屋頂上，有時慢慢地踱着方步，有時站着「咕咕」叫。

説一説	看了下面這篇寫人作文中的過渡句，你能試着口頭補充上下文的事例嗎？
練兵場 2	

（事例一）

她不但在才藝方面特別優秀，而且還樂於助人。

（事例二）

實踐	翻閱教科書或課外書，從中找出幾個過渡句，體會體會過渡句的作用。
練兵場 3	

11 造對稱句，寫出美觀

■ 句子樂園裏，有一座美麗的蝴蝶島！蝴蝶島上，生活着許多色彩斑斕的蝴蝶。瞧，這些翩翩起舞的蝴蝶，多麼漂亮！

你一定被蝴蝶美麗的翅膀迷住了！請你先看看蝴蝶左邊的翅膀，再看看蝴蝶右邊的翅膀，有甚麼發現？

對，蝴蝶左右兩邊的翅膀幾乎是一樣的，有一種對稱的美感。

如果蝴蝶的翅膀一邊大，一邊小，你還會覺得蝴蝶美麗嗎？

相信你一定直搖頭了吧。這樣一來，對稱的美感沒有了。

你知道嗎？作文中有一些句子，就和蝴蝶的一對翅膀一樣，長得很像，有着對稱的美感。如：

> 　　轉身進入和風亭，眼前矗立着一棵高大的柳樹。它抽出了嫩綠的枝條，吐出了鮮亮的綠葉，生機勃勃，姿態萬千。

這個片段中，「抽出了嫩綠的枝條，吐出了鮮亮的綠葉」，「長」得就很像。它們的句式相同，就像蝴蝶的一對翅膀。我們把它們叫作對稱句，或叫作對稱短語。

> 　　寒假期間，我上了有趣的樂高課。樂高積木非常好看，零件五顏六色，圖紙五花八門。最重要的是它還具有挑戰性 —— 它需要細心和耐心。（唐禾碩《一堂有趣的課》）

這句話中，「零件五顏六色，圖紙五花八門」，前後兩個小分句，字數相等，句式相同，也像蝴蝶的一對翅膀，有一種對稱的美。更值得點讚的是，「五顏六色」、「五花八門」這兩個成語，用得真是太絕了。瞧，都含有數字，並且數字和數字都相對着呢！

小作者被蝴蝶島的居民們評為「蝴蝶小王子」。

第二位作者帶來了作文《春姑娘來了》，裏面有一大羣「蝴蝶」呢。請你讀一讀，找一找，千萬別找花了眼哦！

春姑娘來了

唐皓茜

在不知不覺中，春姑娘悄悄地走來了。她帶來了和煦的春風，送來了如詩的春雨。

春風柔柔地吹着，吹去了寒冬裏的慵懶。她用低吟的聲音喚醒沉睡中的小草，讓小草伸出了嫩綠的新

芽；她用溫柔的雙手敲開冰凍的河流，讓河流又開始歡快地奔流。軟軟的春風吹在臉上，就像媽媽溫暖的手，充滿深情地撫摸着。春風讓這個春天更加美麗。

春雨「沙沙」地下着，洗去了空氣中的塵埃。她用那甘甜的汁液細心澆灌着大樹，讓大樹懷抱的樹葉又綻開在枝頭。她用那潔淨的雨水灑向大地，大地又為萬物的生長提供了動力。綿綿的春雨飄在身上，就像春姑娘的呼喚，呼喚我們要更加努力。春雨讓這個春天充滿生機。

我喜歡春天，喜歡這和煦的春風、如詩的春雨。

哈哈……是不是找花了眼呢？是不是被這一大羣美麗的「蝴蝶」吸引住了？下面的幾個句子，是其中幾隻對稱的小蝴蝶：

「和煦的春風」和「如詩的春雨」對稱。

「春風柔柔地吹着，吹去了寒冬裏的慵懶」和「春雨『沙沙』地下着，洗去了空氣中的塵埃」對稱。

「她用低吟的聲音喚醒沉睡中的小草,讓小草伸出了嫩綠的新芽」和「她用溫柔的雙手敲開冰凍的河流,讓河流又開始歡快地奔流」對稱。

這裏面,不僅有許多「對稱小蝴蝶」,還有一隻「對稱大蝴蝶」呢。

原來,第 2 段和第 3 段,這兩個段「長」得也很像,我們把這兩段稱為對稱段,就是一隻對稱的大蝴蝶。

蝴蝶島的居民們紛紛為第二位作者點讚,第二位作者被評為「蝴蝶小公主」。

接下來,第三位作者帶來了他的作文片段,裏面有哪些「蝴蝶」呢?

鳥 (節選)

王彥博

雖然已經立春,但北風依舊呼嘯,白雪依然皚皚。寒風好像被施了魔法,無情地肆虐。天空飄過一些黑

點，由遠及近，那是一羣與寒冷和飢餓抗爭的小鳥。

　　寒風刺痛了牠們的雙眼，鑽進了牠們的羽毛，好像要把牠們瞬間凍成冰塊。但是鳥兒們毫不畏懼，穿梭在天際，尋找溫暖的國度。

　　冰雪掩蓋了牠們的食物，覆蓋了牠們的巢穴，好像要讓鳥兒跌落到絕望的深谷。但是鳥兒們永不放棄，跋山涉水，尋找生存的希望。

　　在這個片段中，王彥博也畫出了許多美麗的「蝴蝶」。你找到它們了嗎？

　　下面這些對稱的句子，是小蝴蝶：

　　「北風依舊呼嘯」和「白雪依然皚皚」對稱；

　　「刺痛了牠們的雙眼」和「鑽進了牠們的羽毛」對稱；

　　「掩蓋了牠們的食物」和「覆蓋了牠們的巢穴」對稱。

　　第 2 段和第 3 段是對稱的段落，是隻對稱的大蝴蝶：

　　寒風刺痛了牠們的雙眼，鑽進了牠們的羽毛，好像要把牠們瞬間凍成冰塊。但是鳥兒們毫不畏

懼，穿梭在天際，尋找溫暖的國度。

　　冰雪掩蓋了牠們的食物，覆蓋了牠們的巢穴，好像要讓鳥兒跌落到絕望的深谷。但是鳥兒們永不放棄，跋山涉水，尋找生存的希望。

　　最後一位作者，也帶來了自己的一篇寫景作文。找找作文中的「對稱蝴蝶」吧！

美麗的武夷山

宋凱

　　景色秀麗的武夷山，有奇峰，有碧水，有諸多美景。今年暑假，我與媽媽遊覽了嚮往已久的福建武夷山。

　　沿山路，登天遊峰，是驚險的。我們登峰之時，正值雨後初晴。白茫茫的煙雲，瀰漫山間，宛如置身於凌霄寶殿，跟嫦娥姐姐遨遊於天宮瓊閣，翩翩起舞，

可能這就是天遊峰名稱的由來吧。天遊峰是武夷第一險峰，上山九百多級，下山九百多級，那層層疊疊的石階，彷彿是一根細細長長的繩子纏在峰頂，又猶如一條威武雄壯的巨龍盤在山間。我們爬得氣喘吁吁，大汗淋漓，差點半途而廢。但是周圍引人入勝的美景，和一覽眾山小的決心，還是讓我們堅持了下來。

　乘竹筏，遊九曲溪，是愜意的。九曲溪顧名思義分九個曲，水流時緩、時急。緩慢時溪水碧綠如翠玉；湍急時溪水深沉如墨玉。綠水映着青山，就好像大自然這個能工巧匠雕琢出的神奇作品。我坐在竹筏上，竹筏晃晃悠悠，緩慢地往前划動。微風輕輕拂過我的臉頰，流水不時地拍打着我的雙腳，感覺涼絲絲的，就像剛吃了個冰激凌一樣涼爽舒服。聽着艄公幽默風趣的講解和採茶姑娘美妙動人的歌聲，我陶醉在這如詩如畫的景色中。

　武夷山，它的山，它的水，真是太美麗了。

你找到幾隻「蝴蝶」呢？誰和誰對稱呢？

　　相信你和蝴蝶島的居民一樣，也把「蝴蝶小王子」的稱號送給了第四位作者吧。

　　我們在美麗的蝴蝶島上學習了對稱。在寫景物的作文中，適當寫一些對稱的短語、對稱的句子，可以提高你作文的「顏值」，使作文變得像蝴蝶仙子一樣美麗，可以讓你的作文更有文藝範哦！

　　蝴蝶島的居民們送給我們一首《作文對稱歌》。請你先讀一讀，再去練兵場接受訓練吧。

作文對稱歌

左翅膀，右翅膀。

左右翅膀都一樣。

前一句，後一句。

前後對稱作文棒。

① 春天到了，桃樹上開滿粉紅色的花朵，似剛出生的嬰兒，對這個世界充滿了好奇，探着小腦袋，東瞅瞅，西望望；櫻花也不甘示弱，開得一團團，一簇簇，白的似雪，紅的似火，對前來觀賞的人們露出熱情的笑臉。

② 走進校園，春的氣息撲面而來。柳樹抽出了嫩綠的枝條，小草冒出了尖尖的腦袋。伴着蜜蜂的嗡嗡聲，朗朗的讀書聲，來，一起看看我的校園吧！

佈排比句，寫出氣勢

■ 嗨，親愛的孩子，歡迎回到蝴蝶島。上回我們學到，句式相同的兩個句子顯得十分對稱，可以在作文中嘗試運用。如：

> 春風一吹，花兒露出了甜美的笑容，迎接着春姑娘的到來；小草擺動着嫩綠的身子，彷彿在說：「春姑娘真美麗。」

寫作文，句式相同的句子有時不只有兩個，可能有三個。如：

> 春風一吹，柳樹甩起了長長的辮子，跳起了動人的舞蹈；花兒露出了甜美的笑容，迎接着春姑娘的到來；小草擺動着嫩綠的身子，彷彿在說：「春姑娘真美麗。」

　　這樣的句子，我們通常稱其為排比句。排比和比喻、擬人，是作文中經常用到的修辭方法。運用排比句，可以使景物的描寫更加具體。

　　運用排比句，還可以使表達的感情更加強烈，更有氣勢。這裏有描寫校園風景的兩個片段。請你讀一讀，體會體會，是不是用上了排比句，抒發的對校園景物的熱愛之情更加強烈一些呢。

　　片段一：

> 　　校園風景美如畫。如果我是畫家，我要用最美麗的色彩畫下她。

　　片段二：

> 　　校園風景美如畫。如果我是畫家，我要用最美麗的色彩畫下她；如果我是詩人，我要用最美妙的語言讚美她；如果我是音樂家，我要用最動聽的音符演奏她。

既然排比句有這麼大的好處，我們就要在作文中嘗試用好它。

走進練兵場，提升一下自己寫排比句的水平吧！

填一填
練兵場　請你補充小分句，把下面的片段變成排比句。試試看，你一定會成功的！

① 春風姐姐來到了人們的身邊。小草聽到了春風姐姐的呼喚，從地下探出頭來，好奇地看着這新鮮的世界；花兒感受到了春風姐姐的撫摸，綻開了美麗的笑臉，迎接春天的陽光；_____
_____
_____。

② 如果夏天是火紅的，秋天是_____，
冬天是_____，那麼，春天就是翠綠的。
在這翠綠的春天裏，充滿了生機，充滿了歡笑_____
_____！

13　變提示語，寫出錯落

■　寫作文離不開人物的語言描寫。描寫人物的語言，重點要把人物說的話寫下來，這就是「說的話」。直接引用別人說的話，需要加上引號。此外，還要交代清楚這話是誰說的，怎麼說的，即說話時的語氣、表情、動作，甚至是心理活動，或者心情 ── 這些就叫「提示語」。

提示語，就是提示讀者引用的這些話是誰說的，又是怎麼說的。

「提示語」和「說的話」，共同組成了說話句。

想讓說話句的形式靈活多變，就得注意提示語的位置變化。

提示語的位置可以有這樣的三種情況：

提示語在前面。

提示語在後面。

提示語在中間。

最常見的是提示語在前面。如：

到了超市，媽媽對我說：「把你那一百元給我，讓我來替你保管吧！萬一掉了我可不負責！」（羅皓《過年大囧事》）

只見螞蟻在我的本子上東轉來，西轉去，好像還在對我做「鬼臉」，挑釁地說：「我又回來了！哼，看你能把我扇到哪裏去！放馬過來吧！」（欣欣《書桌上的「搗蛋鬼」》）

提示語在前，提示語的後面加冒號。

提示語還可以放在說的話的後面。如：

「喂。你來！」軍官叫那個孩子。

孩子趕緊把小刀放到衣袋裏，抖了抖衣服上的

木屑，走到軍官跟前。

「呶，讓我看看！」軍官說。

孩子從嘴裏掏出一個小玩意兒，遞給他，用快活的藍眼睛望着他。

那是個白樺樹皮做的口哨。

「挺巧！小孩子，你做得挺巧哇。」軍官點了點頭。（《夜鶯的歌聲》）

還有一種情況，提示語在中間。把人物說的話一分為二，中間插入提示語。如：

1.「你這個壞傢伙！」軍官打斷孩子的話，「我是問你這裏有沒有人。」

2.「人哪？戰爭一開始這裏就沒有人了。」小孩不慌不忙地回答，「剛剛一開火，村子就着火了，大家都喊：『野獸來了，野獸來了』—— 就都跑了。」（《夜鶯的歌聲》）

提示語在中間時，提示語後面的冒號改用逗號。

提示語的位置不但可以變化，而且還可以「隱身」。
這種情況大都發生在兩個人的對話之間，前面已經交代
了是誰，讀者一看上文，能知道這句話是誰說的。如：

> 漁夫叫道：「好倒霉啊，碰上我來解救你！是
> 我救了你的命啊！」
>
> 「正因為你救了我，我才要殺你啊！」
>
> 「好心對待你，你卻要殺我！老話確實
> 講得不錯，真是『恩將仇報』！」
>
> 「別再囉唆了，」魔鬼說道，「反正你是非死不
> 可的。」（《漁夫的故事》）

片段的第二句中，省略了提示語，並沒有寫明是誰說的。
但是，我們根據上下文，不難發現，這是魔鬼說的。同樣的道
理，第三句是漁夫說的。這兩句省略了提示語。把當時魔鬼要
吃漁夫的緊張氣氛寫了出來。

再如：

> 是誰喊得這麼急？竺可楨爺爺趕忙走出書房，一看，就是前院的那個孩子。
>
> 「甚麼事情啊？」
>
> 「竺爺爺，杏花開啦！」
>
> 「甚麼時候？」
>
> 「剛才。」
>
> 「是第一朵嗎？」
>
> 「是。」（《第一朵杏花》）

「甚麼事情啊？」沒有寫明是誰說的。但是根據上文，我們不難知道，是竺可楨爺爺說的，後面的這些說話句全都省略了提示語，但是並不影響我們的閱讀。

這些對話省略了提示語，寫出了人物的激動、興奮的心情。

這裏我們主要學習了提示語的變化。說話句中的提示語的位置，可以在前面，可以在中間，可以在後面，甚至還可以省略。

寫作文時，根據需要，適當地變化提示語的位置，

可以讓你的作文變得更加靈動，更有錯落感。

最後，讓我們走進練兵場吧。

請你給下面的句子加上一個提示語，寫成三種不同的說話句。要求提示語的位置分別在前面、在後面、在中間。

「孩子，還在修改作文呢？放下筆，來吃中飯吧。下午再修改！」

① 提示語在前面：

----

② 提示語在後面：

----

③ 提示語在中間：

長句變短，寫出節奏

■　小朋友，我們來做個「記憶力大挑戰」的遊戲吧。
請你用 10 秒的時間，迅速瀏覽下面的詞語 ──

> 蘋果、迅速、白雲、知道、問題、放學、
> 十月、樓梯、乾淨、能手、願望、順序、海盜、
> 南京、遊戲、相信、可惜、作文、次數、自由

現在，請你將上面的詞語遮擋起來。試試看，你能
回憶出多少個詞語呢？

如果你沒有接受過記憶力訓練的話，大概記住了 7
個左右的詞語吧。

一般情況下，我們的大腦在短時間內，只能記住 7
個左右不相關的詞語。明白這一點，對於我們寫好作文
來說，非常重要。

這是兩段描寫春天的文字。請你大聲讀一讀。

片段一：

> 春來了，花草的生命充分表現在那嫩綠的枝葉和迷亂的紅雲般花枝上，人的青春也有那可愛的玉般肢體和那蘋果似的雙頰呈現……

片段二：

> 盼望着，盼望着，東風來了，春天的腳步近了。一切都像剛睡醒的樣子，欣欣然張開了眼。山朗潤起來了，水漲起來了，太陽的臉紅起來了……

片段一中，作者把句子寫得很長很長，雖然他用了許多好的詞語，但是讀起來卻十分難受，而且理解起來也很費力。

要知道，我們的大腦短時間裏只能接受 7 個左右的詞語，可是作者一下子寫這麼長的句子。好比是，我們

的嘴巴裏只能吃一塊肉，可是作者一下子卻往我們的嘴裏塞進了好幾塊肉。這還讓人怎麼吃呢？

相反，片段二的作者就高明了很多。他把大塊的肉切成了一小塊一小塊，這樣讀者就能有滋有味地品嚐了。瞧，這裏採用了許多短句子，讀起來就很輕鬆，很有節奏感，理解起來也容易得多。

請你讀一讀下面的兩個片段，感受短句子（畫線部分）的魅力。

片段一：

> 有一次，我寫作業心不在焉的，不時地跑出房間，玩玩這玩玩那。剛開始，媽媽溫柔地對我說：「寶貝，快點寫完，我們一起做蛋糕。」媽媽一臉甜蜜的微笑，眼神裏充滿了期待。但我裝作沒聽見，依舊我行我素。
>
> 過了一會，媽媽不耐煩了，朝我吼道：「不都跟你說了嗎，快點快點，沒聽見是吧！」她緊皺眉頭，兇相畢露，眼睛瞪得大大的，嚇得我一溜煙跑

回了房間。（杜雨陳《變臉大師——媽媽》）

片段二：

> 　　我們的英語老師十分嚴厲，許多同學都怕她。就連在學習上非常出色的班長被她罵也是常有的事。比如說，同學們的作業沒完成，寫檢討。上課時，老師抽你回答問題答不上，這道題目罰抄 100 遍。<u>回家作業，漏寫一道題，整頁全撕成雪花，再黏合並罰抄。</u>所以同學們給她起了個外號叫「滅絕師太」。（朱彬琪《「滅絕師太」》）

　　這些片段中畫線部分的句子，讀起來富有節奏感。秘密就在於作者使用了短句子。

　　非常不幸，有許多同學並不知道這個秘密。這些同學在寫作文時，由於忘記了添加標點，或者其他的原因，有意無意地，就寫出了這樣的長句子。如：

> 1. 樹林裏陽光穿過密密麻麻的枝葉透下斑斑點點細碎的日影。
>
> 2. 楊柳剛剛綻放出新芽的嫩綠的枝條在平靜如水的湖面上蕩來蕩去。
>
> 3. 只見媽媽正鼓着一番牛勁用比大鉗子還要大幾倍的剪刀在剪螃蟹身上的繩子。

瞧，看起來就挺嚇人的，而且讀起來有一種喘不上氣的感覺。

其實，要把長句子改成短句子，往往很容易，只需要添加幾個標點就行了。如：

> 1. 樹林裏，陽光穿過密密麻麻的枝葉，透下斑斑點點細碎的日影。
>
> 2. 楊柳剛剛綻放出新芽。嫩綠的枝條，在平靜如水的湖面上蕩來蕩去。
>
> 3. 只見媽媽正鼓着一番牛勁，用比大鉗子還要大幾倍的剪刀，在剪螃蟹身上的繩子。

請你放聲朗讀。改動後的短句子，是不是更美，更有節奏感了呢？

有時候，把長句子改成短句子，不僅可以添加標點，還可以調換句子的順序。如：

> 我和劉鴻宇是一對好朋友。但是在一節開開心心的體育課上我們的友誼化為灰燼了。

第二個句子有點長。我們可以直接添加標點，把它改成短句子。變成：

> 我和劉鴻宇是一對好朋友。但是在一節開開心心的體育課上，我們的友誼化為灰燼了。

同時，還可以調動語句的順序，把「我們的友誼」放到句子的前面，起了強調的作用。變成：

> 我和劉鴻宇是一對好朋友。但是我們的友誼，卻在一節開開心心的體育課上，化為灰燼了。

請你讀一讀下面的這兩個長句子：

> 1.白眉兒在一次狩獵中遇到了曾救過牠的母豺兔嘴兒。
>
> 2.我望着被一點點下墜的太陽照得紅紅的海面。

這兩個長句子就可以通過添加標點、調動語序的方法，變成短句子：

> 1.在一次狩獵中，白眉兒遇到了曾救過牠的母豺兔嘴兒。
>
> 2.我望着海面，夕陽正一點點下墜，照得海面紅紅的。

改動後的短句子，讀者不但讀起來更有節奏感，而且理解起來更加輕鬆了。

你能採用添加標點、調動語序的方法，把下面的長句子變短嗎？

1 一個個胖乎乎、圓滾滾、外形像個皮球、表面捏了花紋的包子出籠了！

2 在春天明媚燦爛的陽光下，我們來到綠草如茵鮮花盛開的廣場花園。

3 記得有一次晚上，媽媽正準備做肉餃時，發現配料用光了，媽媽便吩咐蹺着二郎腿優哉悠哉玩手機的爸爸去樓下奶奶那兒拿一下配料。

句子排隊，寫出順序

■　小朋友，你在學校裏按照個子高矮排過隊吧？

　　你知道嗎？作文中，有些並列的句子也需要排隊哦。你一定很奇怪：句子怎麼也要排隊啊？句子又不分個子高矮，它們怎麼排隊呢？請你欣賞一個描寫草原的片段：

> 　　在天堂般的綠色草原上，白色的綿羊悠然自得。黑色的豬羣不停地呼嚕着。成千上萬的小雞、成羣結隊的長毛山羊，安閒地欣賞着這屬於牠們自己的王國。（《田園詩情》）

　　這個片段分別描寫了草原上的綿羊、豬羣、小雞、山羊這些動物，寫出了動物們的悠閒自在。

　　這幾個描寫動物的句子是並列的。既然是並列在一

起的,那我們能不能把它們之間的順序換一下?如:

調整一:

> 在天堂般的綠色草原上,黑色的豬羣不停地呼
> 嚕着。白色的綿羊悠然自得。成千上萬的小雞、成
> 羣結隊的長毛山羊,安閒地欣賞着這屬於牠們自己
> 的王國。

調整二:

> 在天堂般的綠色草原上,成千上萬的小雞、成
> 羣結隊的長毛山羊,安閒地欣賞着這屬於牠們自己
> 的王國。白色的綿羊悠然自得。黑色的豬羣不停地
> 呼嚕着。

先說「黑色的豬羣不停地呼嚕着」,再說「白色的綿
羊悠然自得」;或者先說「成千上萬的小雞、成羣結隊的
長毛山羊,安閒地欣賞着這屬於牠們自己的王國」,再

說「黑色的豬羣不停地呼嚕着」，這樣可以嗎？

　　先不急着說出答案。請你放聲讀一讀改動後的片段，再和原文比一比，感受一下。

　　是原文讀起來舒服些，還是修改後的讀起來舒服些呢？

　　原文為甚麼讀起來更加舒服，聽起來也更加舒服？奧秘，就藏在句子的排列中。用你的火眼金睛找一找吧 ——

> 　　在天堂般的綠色草原上，白色的綿羊悠然自得。黑色的豬羣不停地呼嚕着。成千上萬的小雞、成羣結隊的長毛山羊，安閒地欣賞着這屬於牠們自己的王國。

　　原文中的這三個小句子，作者可不是隨便排列的，而是按照字數的多少排列的。第一個小句子，「白色的綿羊悠然自得」，有 9 個字；第二個小句子，「黑色的豬羣不停地呼嚕着」有 11 個字；第三個小句子，「成千

上萬的小雞、成羣結隊的長毛山羊，安閒地欣賞着這屬於牠們自己的王國」有 30 多個字。這並列的三個句子，字數少的排在前面；字數多的排在後面。這樣的排列，正像按照個子的高矮來排隊。

句子也要排排隊。當並列的幾句話排在一起時，通常音節少的在前，音節多的在後。

不僅並列的句子是這樣，並列的短語也是這樣的。請看「成千上萬的小雞」、「成羣結隊的長毛山羊」這兩個短語之間的順序，你有甚麼發現？你一定知道為甚麼這裏把「成千上萬的小雞」排在前了吧。這就是按照字數的多少來排隊。

這樣一來，這段文字我們看起來很舒服，讀起來會更加舒服，當然，聽起來也更舒服哦。

以下兩個句子都有兩個分句，請你看一看，再讀一讀：

> 1. 這不是詩，但是比詩更激動人心；這不是畫，但比畫更美。

> 2.這不是畫，但比畫更美；這不是詩，但是比詩更激動人心。

哪句話看上去舒服些，讀起來舒服些？

當然是第 2 句了。

因為第 1 句中，前一個分句字數多，後一個分句字數少，有一種頭重腳輕的感覺。不如讓它們換一個位置，看起來更舒服，讀起來更順口一些。

這一節，我們學習了句子也要排排隊。在作文中，一些並列關係的句子、分句、短語，可以按照字數的多少，讓它們排排隊。別小看了這小小的技巧哦，這可以為你的作文錦上添花。

排排隊 練兵場　請你將下列畫線的並列短語，按照字數的多少重新排排隊。

1 平靜的湖面猶如一面巨大的鏡子，倒映着一幢幢高大的樓房、蔚藍的天空、潔白的雲朵……（余亦翔《美麗的鳳湖公園》）

----

❷ 春天，小院是五顏六色的。一盆盆花兒競相開放，有伸展着黃色枝條的迎春花，有粉嘟嘟的杜鵑花，有雪白的茉莉花，還有一些不知名的小花，簡直就是花的海洋。（周子越《姥姥家的小院》）

----

❸ 讀了《維生素 C 的故事》後，我知道哥倫布不僅是一個偉大的航海家，還是一個視船員如兄弟的、善良的、重情重義的人。

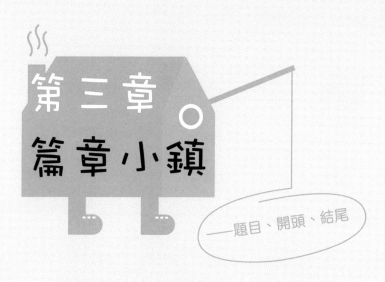

第三章
篇章小鎮

——題目、開頭、結尾

要想作文寫得好，題目、開頭、結尾很重要！

怎樣取一個好的作文題目？

怎樣寫好作文的開頭？

怎樣寫好作文的結尾？

寫好題目、開頭、結尾，還要注意哪些細節？

這些難題困擾着許多想寫好作文的孩子，困擾着許多因孩子的作文成績而煩惱的家長。

快快閱讀第三章，讓我們一起解決這些難題吧！

16 題目內容心連心

■　小朋友，你喜歡聽故事嗎？請你聽一個和「名字」有關的故事 ——

這個故事發生在清朝。有一年，朝廷舉辦科舉考試。成績第一名的考生卻沒有當上狀元。為甚麼？因為慈禧太后不中意他的名字，於是他就與狀元失之交臂了。而成績第六名的考生，最終被慈禧太后欽點為狀元。這又是為甚麼？因為他有一個好名字。

這個狀元是誰呢？先請你猜一猜。給你一個小小的提示。那一年啊，恰逢乾旱，連着好些日子不下雨了。據說，就是因為這個原因，慈禧太后讓他做了狀元。

　A. 朱汝珍　　B. 劉春霖　　C. 趙以炯

聰明的你一定猜出來了吧！對，他就是劉春霖。他的名字含有「春風化雨、普降甘霖」的意思。下雨，這不正是慈禧太后所期望的嗎？

說完了這個幸運的劉春霖,再來說說成績考第一的學霸吧。他又是上面剩下兩人中的誰呢?

悄悄告訴你,是朱汝珍。為甚麼慈禧太后不中意這個名字?原因有二。第一,他姓朱,「朱」姓是明王朝的國姓,而明王朝正是清王朝所推翻的。你說慈禧太后樂意讓姓朱的做狀元嗎?當然不樂意!第二,他的名字裏有個「珍」字。慈禧太后有個死敵 —— 珍妃,看到「珍」字,她就會想起死敵來。

你看,在特殊情況下,一個人的名字可能關係到他的前途與命運。

一個好的名字,往往含有一定的寓意,這樣讓別人更容易記住你。因此,爸爸、媽媽在為你取名字的時候,肯定費了一番工夫。

好的名字,可以讓別人更容易記住你。題目對於作文,好比名字對於一個人。

一個好的題目,能夠讓讀者眼前一亮;考試時,一個好的題目,更能讓你的考試作文在眾多作文中脫穎而出,得到閱卷老師的青睞。

　　所以，我們在為作文取題目時，好比是給寶寶取名字，不能馬馬虎虎，需要動動腦筋哦。

　　接下來，我們一起聊一聊怎樣給作文取個好題目。

　　甚麼樣的題目才是好題目呢？好題目，首先要與作文的內容緊密相連。

　　如，看了「春遊」這個題目，你可能會想到這篇作文的內容寫了甚麼？

　　你大概會想到，這篇作文描寫了春遊時小夥伴們吃喝玩樂的高興事兒！

　　現在請看這篇作文：

　　寒假過後，我們準備進行一次春遊，目的地是我市的文化公園，我心裏邊特別開心。

　　前一天晚上下了一場大雨，導致地上有很多積水，

天上也是灰灰的。正當我們出發的時候，老天爺偏偏又下起了雨，我們的春遊計劃只能暫停，我們的心情瞬間變得跟天氣一樣昏暗。

可是老天爺有眼，沒有給我們絕路，雨不久就停了，於是我們開開心心地出發了。同學們都高興得手舞足蹈，有的還跳起來。

到了目的地，同學們都拿出事先準備好的零食吃了起來。大概引起了老天爺嫉妒吧，很快天又下起雨來，我們十分無奈地返回了學校。

我們的春遊夢就這樣破滅了。

讀完作文，我們發現，作文的內容大部分並不是寫春遊過程中的事，而是寫了春遊開始前的一段曲折經歷，這篇作文的題目與內容聯繫得不夠緊密。

怎樣修改題目，讓它和作文的內容聯繫得更加緊密一些呢？我們可以在原來題目的基礎上，增加一點內容，改為「春遊變奏曲」、「春遊夢破滅記」或「有頭無尾的春遊」。

　　修改過後的題目變得生動了，與作文內容聯繫更加緊密，同時也能激發讀者的閱讀興趣。瞧，一個好題目多麼重要！

　　請你走進練兵場，試試身手吧。

練兵場 ｜ 這篇作文的題目與內容聯繫緊密嗎？你能試着換成其他的題目，讓它和內容聯繫得緊密一些嗎？

快樂的一天

　　這一天，我家來了兩位同學，很喜歡玩飛行棋，我們就玩了起來。

　　我們分1、2、3、4號飛。1號同學起飛了，她這次用兩手捧起色子，兩眼緊閉，嘴裏還唸出「天靈靈，地靈靈」，不過這句話有點不顯靈，1號同學搖了一個三。她有點氣憤，用手打着地板：「早知道不要用這麼又土又老的辦法了。」

　　1號自信滿滿地說：「後面幾位肯定搖不到六。」1號同學的預言顯靈了，果真第2號沒搖到。

　　第3號同學用她自創的方法搖色子，她把手一

抬，色子一轉，居然搖到了六。她激動得一蹦三尺高，其他人看得目瞪口呆，異口同聲地問道：「不就是搖到一個六，需要這麼激動嗎？」她被其他人這麼一問，才慢慢安靜下來。

突然，1 號有了危機，沒過幾分鐘，1 號就被 3 號吃了回去。1 號說：「吃就吃，我還有時間，可以報仇。」

就這樣我們一直快樂地玩了老半天。快到吃飯的時間了，我們只好依依不捨地回家了。鬥棋真是歡樂無窮啊！

題目可以修改為：

17　擬題招式大放送

有甚麼方法給作文擬一個好的題目呢？接下來我們來分享六個擬題招式。

擬題招式一：加修飾語

這個妙招常用在寫人、寫物的作文中。請你比較下面左右兩邊的寫人作文的題目，哪一邊的題目更吸引你呢？

陽光老爸	我的爸爸
可愛的妹妹	我的妹妹
幽默的鄒弘毅	鄒弘毅
愛崗敬業的楊老師	楊老師

是的，左邊的題目更加吸引讀者。正是因為在這些人物的前面加上了一定的修飾語，題目就變得生動起來。

這個方法同樣可以用在寫景和寫小動物的作文中。

擬題招式二：移花接木

擬題目時，可以利用熟悉的成語，改變成語其中的一部分，使它變成作文的題目。

「『棋』樂無窮」這個題目，就是改動了成語「其樂無窮」中的「其」字，這是一種諧音的方法。建議把諧音字加上引號。

一位孩子用「『爸』氣十足」做題目，寫自己的霸氣老爸。這個題目是把「霸氣十足」中的「霸」字，改成了「爸爸」的「爸」。這樣的題目，是不是能激發讀者的閱讀興趣呢？

還有一位孩子用「『風』神惡煞」做題目，來寫颱風的破壞力大，這是改動了哪一個成語呢？

相信你一定脫口而出了。作者把「兇神惡煞」中的「兇」字改成了「風」，變成了「『風』神惡煞」。看到題目，我們就能感受到颱風十分可怕！

一位孩子的作文題是「竊玩記」，是用作家林海音的經典散文《竊讀記》的題目改的。

　　一些大家耳熟能詳的正在流行的節目的名字，也可以幫助我們擬個好題目。

　　如「班級好聲音」、「四誠班達人秀」、「手錶去哪兒」，這些作文題目分別是用「中國好聲音」、「中國達人秀」、「爸爸去哪兒」等正在流行的節目的名字改的。

　　生活之中，處處藏着寫作文的小技巧，多留心街邊的小店，看看店家是怎樣用這種移花接木的方法起店名的。

擬題招式三：用流行語

　　在作文中，可以引用當前比較流行的一些網絡詞彙，如：

> 過年大「囧」事
>
> 吃貨眾生相
>
> 我的萌寵

　　這些作文題目就分別引用了「囧」、「吃貨」、「萌」等新鮮的網絡詞彙。

要用好這一招，就需要你做生活中的小潮人，能夠了解並熟練運用這些新鮮的語言。

擬題招式四：矛盾懸疑

「矛盾懸疑」式的題目，看上去有點奇怪，能讓人產生一些懸念。如：會變形的小島。

小島怎麼會變形？題目中設置了懸念，引起了讀者的疑惑，激發了讀者的閱讀興趣。

這樣的題目，還有：

> 會走的小花朵
>
> 植物中的小刺蝟
>
> 神秘的禮物
>
> 書桌上的「搗蛋鬼」
>
> 考場「驚魂」記
>
> 都是近視惹的禍……

這些有懸念的題目，比較容易激發讀者閱讀的慾望：小花朵怎麼會走路呢？植物中的小刺蝟又是甚麼？

神秘的禮物是甚麼？書桌上能有甚麼是「搗蛋鬼」呢？考場「驚魂」記，考場上到底經歷了甚麼驚心動魄的事？都是近視惹的禍，近視惹了甚麼禍？……

擬題招式五：聯想修辭

我們來看幾個菜名：「火山飄雪」、「大手牽小手」、「小豬豬踢皮球」、「母子相會」。

你知道這些都是甚麼菜嗎？

這四道菜分別是糖拌番茄、豬蹄鳳爪、豬蹄雞蛋、黃豆燒豆芽。

這幾道菜名，就是採用了聯想的方法來取的。這樣的菜名是不是會讓顧客覺得很有趣？

同樣的道理，在作文中採用聯想的方法來取題目，也會讓題目變得有意思起來，激發起讀者一探究竟的慾望。

比一比，下面左右兩邊的題目，哪一類的題目更生動有趣呢？

水中「佳人」　　　荷花

紅辣椒的堅強	紅辣椒
老天莫要忘記我	勿忘我
會走路的「小花」	小金魚
我的「老虎」爺爺	我的爺爺

怎麼樣，是不是左邊的題目更加生動呢？

原因就在於，左邊這些題目採用了聯想的方法，採用了比喻、擬人等修辭手法。

擬題招式六：添加標點

題目中，也可以根據需要，適當添加標點。這也可以讓作文題目的含義更豐富。如：

「你必須把這條魚放掉！」

用故事中的一句話來做題目，鏗鏘有力。

再如：同學，你……

題目中的省略號，意味深長，吸引讀者。

一起走進練兵場，演練一下吧。

練兵場 1　下面這些店，都採用「移花接木」法取了個有趣的店名。你知道這些店是做甚麼生意的嗎？

(1)「今生金飾」

(2)「無餓不坐」

(3)「聯幫調茶局」

(4)「衣衣不捨」

練兵場 2　你還知道哪些有趣的店名呢？

----

18 多姿多彩開好頭

■　好的開頭是成功的一半。一個好的作文開頭，對於寫好作文來說，同樣十分重要。好的作文開頭，就像一部精彩電影的開場畫面，能在短短一兩分鐘的時間裏，抓住人們的眼球。

　　同樣的作文內容，有許多種不同的開頭方法。只有認識到這一點，才能為我們的作文選擇一個最佳的開頭。

　　接下來，我們以寫人的作文為例，了解同一內容的不同開頭方法。先請欣賞一篇作文：

調皮的表弟

　　我有一個調皮的表弟。

　　一天，我正在寫作業，表弟跑來對我說：「姐姐，陪我玩一會兒吧！」我告訴他：「表弟，姐姐正在寫作

業呢，等我寫完了再陪你玩，好嗎？」表弟撅着小嘴巴，嘟囔着：「就十五分鐘嘛！」「不行，你自己玩去吧！」我還是不答應。表弟拉拉我的手：「必須跟我玩！」我搖了搖頭。表弟一氣之下一把抓起我的作業本，就往樓上跑。「他想把我的作業本藏起來！不行！我得上樓去找！」我急忙三步併作兩步追上去。

　　我匆匆忙忙跑到樓上，左翻右找，可怎麼也見不到作業本的蹤影。唉，這該怎麼辦呢？我看了看表弟，他在旁邊悠閒自在地睡大覺，顯出一副幸災樂禍的樣子。有辦法了！我問問表弟。我走到表弟面前，敲了敲他的腦袋，問道：「別睡了，我問你，你把我的作業本藏哪兒去了？」表弟裝作沒聽見，繼續呼呼大睡。這傢伙，非要我動怒才行！我拎起他的耳朵，怒吼道：「你說不說！」「我說，我說！」表弟連忙捂着耳朵說道。可是，我剛鬆開他的耳朵，他就變臉了：「哼，你都不跟我玩，我憑甚麼要告訴你？」唉，真是拿他沒辦法了！我想了想：嗯，表弟平時最聽媽媽的話，不如讓媽媽幫忙。

我火速趕到媽媽跟前，心急火燎地說：「媽媽，表弟搶走了我的作業本！你趕緊幫我要回來，我還要寫作業呢！」「好的。」媽媽爽快地答應了。媽媽走到表弟旁邊，說：「你把姐姐的作業本放在哪裏了？趕快還給她！」表弟沒有回答。「快說!」「在……在我的背包裏。」表弟支支吾吾地說，「在樓……樓下……」

我和媽媽在樓下表弟的背包裏找了找，又把樓下四處翻了個遍，依然沒找到作業本。我們只好再追問表弟：「你到底把作業本藏在哪兒了，不說你就永遠別想玩了！」表弟被逼無奈，只好走到書架旁，從書架底下掏出了作業本。

當我們看到作業本被撕掉一頁時，媽媽生氣地訓道：「你這小子，竟敢騙我！還把姐姐的作業本撕破了，看來我得好好地教訓教訓你！」表弟在一旁不服氣，臉漲得通紅，緊握着拳，氣沖沖地上了樓。

我心疼地摸摸作業本，用膠帶補好了它。

表弟為了讓我陪他玩，竟然把我的作業本都藏起來，你說他調皮不調皮！

這篇作文的開頭是「我有一個調皮的表弟」。這樣的開頭，非常簡潔。簡簡單單一句話，告訴我們這篇作文的中心 ── 寫調皮的表弟。

這是寫人作文最簡單、最基本的開頭。但是如果每次寫人作文都這麼寫，如寫勤奮的表哥，開頭就寫「我有一個勤奮的表哥」，寫能幹的媽媽，開頭就寫「我有一個能幹的媽媽」，這樣一來，會不會顯得單調呢？

因此，我們需要掌握多種不同的開頭方法。

這一篇作文還可以怎樣開頭呢？

1. 外貌式開頭

相信你一定想到了寫表弟的外貌。對，描寫人物外貌，是寫人作文的一種開頭方法。如：

> 大大的眼睛，圓嘟嘟的小臉蛋，一副乖巧的長相，他就是我的小表弟。你千萬別被他可愛的臉蛋給矇騙了，他可是一個十足的調皮蛋。

這裏的開頭十分有意思，先説表弟長相可愛乖巧，

再筆鋒一轉，說表弟十分調皮。是不是很有曲折感呢！這樣的開頭，老師喜歡。

2. 聲音式開頭

開頭不僅可以描寫弟弟的外貌，還可以描寫表弟的聲音，如：

> 「姐姐，快陪我玩嘛！」一聽就知道，又是表弟這個「淘氣包」要來搗亂了。

這樣的開頭可以帶給人們先聲奪人的感覺。

採用了聲音描寫式的開頭，為了使得上下文顯得更加統一，可以適當修改原文第二段。

請你讀一讀，比一比。

> 「姐姐，快陪我玩嘛！」一聽就知道，又是表弟這個「淘氣包」要來搗亂了。
>
> 我停下手中的筆，告訴他：「表弟，姐姐正在寫作業呢，等我寫完了再陪你玩，好嗎？」表弟撅

着小嘴巴，嘟噥着：「就十五分鐘嘛！」「不行，你
自己玩去吧！」我還是不答應。表弟拉拉我的手：
「必須跟我玩！」我搖了搖頭。表弟一氣之下一把抓
起我的作業本，就往樓上跑。「他想把我的作業本
藏起來！不行！我得上樓去找！」我急忙三步併作
兩步追上去。

3. 設問式開頭

作文中還可以與小讀者展開互動，在開頭提出問
題。如：

我家有一個淘氣包，你猜是誰呢？他呀，就是
我的小表弟。

讀了這個開頭，有沒有一種與別人談話交流的
感覺？

用設問式開頭，說明了你心中裝着小讀者，有了一
定的讀者意識。這是寫作文的較高境界。

4. 比喻式開頭

如果在開頭中運用一些比喻，效果會怎麼樣？

> 我有一個調皮的表弟，他就像一隻時刻都閒不住的貓，總是給我添亂子。

在這個開頭中，小作者把小表弟比成了一隻貓，時刻都閒不住，總是給小作者添亂。這樣的開頭是不是也很生動啊？我們也給這樣的開頭起個名字，叫比喻式開頭。

5. 比較式開頭

除了把小表弟聯想成小貓，還可以把小表弟聯想成誰呢？一個比較著名的淘氣大王。對了，是楊紅櫻筆下的小說主人公馬小跳。瞧，比較式的開頭是這樣寫的：

> 我家也有個淘氣包，他簡直比馬小跳還讓我惱火。

　　小作者想到了馬小跳。一開頭，作者把小表弟和馬小跳作比較，還有比馬小跳更調皮的人嗎？這樣的開頭，就激發了讀者的閱讀興趣。

　　寫人作文的開頭，除了上面列出的這幾種方法之外，還有其他的方法。希望你在寫人物作文時，多思考、多動腦，這樣寫出來的開頭，才會與眾不同、別具一格，才會吸引讀者的眼球哦。

　　一起走進練兵場，演練一下吧。

 練兵場

《愛哭鬼》這篇作文運用了外貌式的開頭方法。你能動動腦筋，嘗試用其他方法，為這篇作文換換開頭嗎？挑戰一下，看看你能換多少種不同的開頭。

愛哭鬼

張睿曦

　　瞧，迎面走來一個小姑娘，又高又瘦，烏黑的長髮，一雙撲閃撲閃的大眼睛，只可惜眼睛裏還含着「金豆豆」。她不是別人，正是我的同桌 —— 朱微豫。

朱微豫可是個名副其實的「愛哭鬼」。被老師罵了，哭；遇到煩心事了，哭；考試沒考好，還是哭。當然，有時還會莫名其妙地就哭起來。

「嗚——嗚——」聽，剛下數學課，她就又開始哭了。她趴在桌上，臉埋在手臂裏，一張數學試卷被丟在一旁，試卷上一個紅紅的數字「89」。不就考了個 89 分嗎？我這個平時考 98 分、99 分的人考個 80 多分還沒哭呢。「小朱朱，別哭了，下次考好不就行了嗎？『失敗乃成功之母』，只要你下次細心點，肯定能考好。」可她並沒有聽我的話，而是哭得更兇了。都說男生最怕女生哭，其實我們女生也怕她哭。特別是我，看到她哭，我心裏就特別不安。

終於，在我與其他女生不斷的安慰下，朱微豫抬起了頭。她的眼睛紅通通的，就像小白兔的眼睛，眼眶裏充滿了淚水。那些淚水就像斷線的珠子，從眼眶裏流出來，流到面頰，流到嘴角，流到下巴……「不哭了哦。」我連忙從抽屜裏拿出面紙

袋，抽了幾張面紙，輕輕地為她擦着眼淚。後桌的小胡拍了拍她的肩：「不能再哭了，再哭你就成兔子了。」我連忙應和道：「對，對，再哭你就成可愛的小白兔了，你看看你的眼睛。」我掏出小鏡子給她瞧。在我們苦口婆心的勸阻和安慰下，小朱朱終於破涕為笑了。哎！我也累癱在桌上了。「這個『林妹妹』真難伺候，寶寶心裏苦啊！」

這就是我的同桌「愛哭鬼」朱微豫，你怕她不？

換個開頭吧：

這樣結尾更完整

■ 這一節我們來學習一種結尾的方法，讓作文看上去更加完整。先請你欣賞一篇精彩的作文。

頑強的生命

王彥博

我常常想，生命是甚麼呢？我開始思考生命的意義，感悟生命。這一次我對生命有了全新的認識與理解。

早晨，我走向陽台，看看外面的風景，無意間看到一簇嫩紅的花朵，仔細瞅瞅，是陽台角落的一株仙人掌。那仙人掌落戶我家已經三年了，一直住在陽台上，沒給它澆過一滴水，土壤已經乾出裂縫。

此刻，乾枯的根部竟然又長出幾片掌葉，迎着晨光，掌葉的頂頭綻放着一簇紅花，我忽然感覺到一股生命在躍動，那樣鮮明。它生長着，努力吸收水分，每天只靠露水生存。我心頭怦然一震，小小的仙人掌竟如此頑強。生命的力量是多麼強大呀！

每個生命都有生存的權利，儘管有些人身體有缺陷，可他們仍然頑強地生活着，向世界奉獻着自己的光和熱。霍金——一位聞名中外的傑出科學家，他21歲時得了一種怪病，導致他肢體活動困難，半身不遂，後來他又得了肺炎，發音能力喪失。即使是這樣，他仍然堅持學習，最終取得了偉大的成就，研究證明了宇宙黑洞和霍金輻射，幫助人們解開了宇宙之謎。

仙人掌和霍金兩個頑強的生命，都活得那樣頑強，那樣有拼搏精神，那樣有價值，我們健康的人又有甚麼理由碌碌無為呢？也許我並不能擁有霍金一樣偉大的成就，但我也要在平凡的人生歷程中閃爍自己的光芒。

這篇作文的小作者主要講述了對於生命的思考和理解。

請你留心一下結尾中的這句話：

> 仙人掌和霍金兩個頑強的生命，都活得那樣頑強，那樣有拼搏精神，那樣有價值，我們健康的人又有甚麼理由碌碌無為呢？

結尾中，作者從仙人掌、霍金的這兩個故事發出感慨 ── 我們要活得頑強，活出價值！

結尾中的仙人掌，其實就是第 2 段和第 3 段講的故事的主角；而霍金則是第 4 段講的故事的主角。結尾再次提到上文中兩個故事的主角，這樣的結尾照應了前文，作文看起來顯得更加完整。

請你再來欣賞一篇寫人的作文：

認真寬容的郭老師

汪欣然

我有一位好老師，她就是郭老師。

一次，我打乒乓球打到六點多，疲憊的我從教師辦公室旁走過，裏面的燈光引起了我的注意。難道是老師下班忘記關燈了？我放慢腳步，這時從門縫裏傳來「嘩嘩——」的翻本子的聲音。我停住腳步，悄悄地把門推開了一點，竟然是我們郭老師，她坐在那裏，正認真地批改我們的作業。為了不打擾她，我又輕輕地把門掩上，悄悄地離開了。

又有一次，在一節精彩的語文課上，黃晨陽和他的同桌在偷看漫畫書《父與子》，手還不時地捂着嘴笑呢！正當他們看得起勁的時候，老師悄悄地走到他們身邊，大聲地問：「你們在幹甚麼？」他們嚇了一跳，老師把書沒收了。可是，下課了，老師輕柔地摸摸他們的頭，笑着說：「你們上課為甚麼要看漫畫書？」他們不好意思地低下了頭，答道：「這些知識我們已經知道了。」老師溫和地說：「上課 45 分鐘，比在家裏

寫 2 個小時的作業效率都要高，以後不要在課堂上看書了。」說着，把書還給了他們。

　　郭老師認真地對待工作，寬容地對待我們，我們應該以優秀的學習成績去報答她。

這篇作文，文字質樸，沒有華麗的語句。

作文的結尾中，有這樣兩個短語：一個是「認真地對待工作」，另一個是「寬容地對待我們」。

這兩個短語，分別對應着上文的兩個故事：「認真地對待工作」說的是郭老師加班批改作業這件事；「寬容地對待我們」說的是郭老師收書、還書這件事。

這樣的結尾，照應了前文所講述的兩個故事，這樣一來，再次把郭老師的認真、寬容的形象，呈現在小讀者的眼前。這樣的結尾，讓作文的結構顯得更加完整了。

這一節，我們學習了結尾的一種方式 ——「照應前文」式結尾法。這樣的結尾，可以使你的作文看上去更加完整哦！

一起走進練兵場，演練一下吧。

為下面的作文添加一個合適的結尾，要求能照應上文所講的故事，使作文看起來顯得更完整。試一試吧！

我崇拜的一個人

周嘟嘟

我崇拜的一個人是陳卓鋭。他大約比我高了一個頭，頭髮很短，一雙眼睛圓溜溜的，戴着副眼鏡。他性格開朗，臉上一直保持着微笑，身體胖乎乎的，一雙腿又粗又長。

陳卓鋭領導能力很厲害。有一次運動會比賽前，班裏要進行選拔。遊戲十分簡單，但需要團隊密切合作，只要五個人一組，手搭肩，蹲下來前行就行了。在海選那天，我們隊走得快慢不一，只見最後的人拼命拉住前面幾人，幾乎是在爬行前進，嘴裏叫道：「慢點兒，我跟不上了！」然而陳卓鋭所在的一隊卻十分有序，他叫着「一、二、一、二……」其他人都根據他的口號來行動，如果隊伍十分整齊，他的口號節奏快，他們就走得快；如果

隊伍有點亂，需要調整，他的口號節奏慢，他們走得也慢。見陳卓銳的指揮讓比賽這麼有序，我真崇拜他。

　　陳卓銳學習也十分認真，每門功課都拿了獎，作文也常常上報。雖然課內知識他都掌握了，但他上課還是會認真聽講。上數學課，老師問大家一個問題，他經常馬上舉手，手伸得筆直。

開頭結尾相呼應

■　小朋友，你聽過山歌是怎麼唱的嗎？

對，唱山歌時，通常是兩個山頭的人這邊唱來那邊和，遙相呼應。

你知道嗎？作文的開頭和結尾也可以「唱山歌」呢？不信，請你看一篇文章，留心一下它的開頭和結尾。

海底世界

你可知道大海深處是甚麼樣的嗎？

當海面上波濤洶湧的時候，海底依然是寧靜的。那麼，海底是否一點兒聲音都沒有呢？也不是。海底動物常常在竊竊私語，只是我們聽不到而已。如果你用上特製的水中聽音器，就能聽到各種各樣的聲音。

海底動物各有各的活動特點。海參靠肌肉伸縮爬

行，每小時只能前進四米。梭子魚每小時能游幾十千米，攻擊其他動物的時候，比普通的火車還要快。

海底植物的差異也是很大的。它們的色彩多種多樣，有褐色的，有紫色的，還有紅色的⋯⋯它們的形態各不相同，就拿大家族海藻來說，從借助顯微鏡才能看清楚的單細胞硅藻、甲藻，到長達幾百米的巨藻，就有八千多種。

海底有山峰，也有峽谷。這裏富含煤、鐵、石油和天然氣，還有陸地上蘊藏量很少的稀有金屬。

<u>海底真是個景色奇異、物產豐富的世界。</u>

這篇文章的開頭提出了問題：「你可知道大海深處是甚麼樣的嗎？」用設問法引出下文。

文章的結尾：「海底真是個景色奇異、物產豐富的世界。」這個結尾總結了全文，呼應了開頭。我們把這種呼應叫作「問答式呼應」。開頭問，結尾答，這就是開頭結尾「唱山歌」。

請你再來看一篇敘事文：

趕海

　　「小時候，媽媽對我講，大海就是我故鄉……」每當我唱起這支歌，便想起童年趕海的趣事。

　　那是暑假裏的一天，我鬧着要舅舅帶我去趕海，舅舅答應了。來到海邊，剛巧開始退潮，海水嘩嘩往下退，只有浪花還不時回過頭來，好像不忍離開似的。我興奮極了，飛跑着追趕遠去的浪花。

　　這時，沙灘上已經有好多人了，他們有的捉螃蟹，有的撈海魚，有的撿貝殼……我在海水裏摸呀摸呀，嘿，一隻小海星被我抓住了！哎，那邊一個小夥伴，正低着頭尋找着甚麼。我走過去想看個究竟，小夥伴只努努嘴兒，不作聲，原來是一隻螃蟹不甘束手就擒，正東逃西竄哩。突然，小夥伴「哎喲」一聲叫起來，原來是螃蟹用大螯夾住了他的手。

　　太陽偏西了，趕海的人們三三兩兩地離去，喧鬧的海灘漸漸恢復了平靜，只有海鷗還沐浴着晚霞的餘暉，在水天之間自由自在地飛翔。

> 我一邊往回走，一邊哼起了最愛唱的歌：「小
> 時候，媽媽對我講，大海就是我故鄉……」

作文的開頭引用了一首歌；結尾再次提到了這首歌。頭尾呼應起來，就像唱山歌一樣。我們把這種呼應叫「反覆式呼應」。

頭和尾連在了一起，好比是畫了一個非常圓滿的圓。

我們再來看一篇說理文：

説勤奮

　　人人心中都有一個美好的理想，然而你可知道，通往理想境界的橋樑是甚麼？是勤奮。古今中外，每一個成功者手中的鮮花，都是他們用汗水和心血澆灌出來的。

　　同學們一定還記得那個砸缸救人的司馬光吧，他是北宋著名的史學家。小時候，每當老師講完課，哥

哥、弟弟讀了一會兒書就去玩了，他卻躲在屋裏一遍又一遍地高聲朗讀，一直讀到滾瓜爛熟為止。長大以後，他更加勤奮。為了抓緊時間，他用圓木做了個枕頭，睡覺時只要稍微一動，枕頭就會滾開，他醒來後便繼續讀書寫作。他管這種枕頭叫「警枕」。他用了19年時間，終於編成了著名的史學巨著《資治通鑒》。

　　我國著名的生物學家童第周，到17歲才進中學。第一學期期末，他的學習成績很差，但他毫不氣餒，奮起直追。每天天剛亮，他就在校園裏讀書。晚上睡覺前，他總是習慣地回顧一下當天的學習內容。他還十分注意改進學習方法。經過半年的努力，他終於趕了上來，學習成績在班上名列前茅。後來他遠渡重洋，到比利時去留學，由於完成了高難度的青蛙卵剝離手術，在歐洲生物學界產生了很大的影響。由此可見，即使基礎比別人差一些，只要肯下功夫，也是照樣可以成才的。正如著名的數學家華羅庚所說的，「勤能補拙是良訓，一分辛苦一分才」。

　　如今，我們的生活和學習條件雖然有了很大的改

善，但仍不能忘記「勤奮」二字。只有一生勤奮，才能有所作為，才能對人民、對社會作出應有的貢獻。

我們一起來看這篇作文的開頭，非常鮮明地提出自己的觀點：只有勤奮，才能成功；結尾再強調一下自己的觀點：不能忘記勤奮，要一生勤奮，才能有所作為。這篇作文的開頭和結尾，是一種「強調式呼應」。

不難發現，頭尾呼應的寫作方法在不同類型的作文中都會用到哦。

一起走進練兵場，演練一下吧。

 **練兵場 ❶** 瀏覽下面的這篇作文，試着添加一個結尾，讓結尾和開頭「唱山歌」。

讀書

劉恩瑜

讀書能讓我們領略到許多知識，高爾基曾經說過：書籍是人類進步的階梯。閒暇之餘，我最喜歡的就是讀各種各樣的書，我發現讀不同的書所獲得

的感受是不一樣的。

　　每當我讀歷史書的時候，我覺得自己好像回到遙遠的過去。我來到了司馬光砸缸的現場，我彷彿親眼見到小司馬光，機智勇敢地救出了落入缸中的小夥伴；我又來到曹沖稱象的地方，我好像真切地目睹了小曹沖，用出人意料的方法輕鬆地稱出了大象的重量；最後我來到了懷素的「綠天」之家，只見大大小小的蕉葉上到處都是墨跡，漆盤、漆板都已經磨透了。

　　每當我讀科幻書的時候，我彷彿進入了一個神秘的世界。我來到了距今幾億年的恐龍時代，我看到了各種各樣的恐龍：有高大的食草恐龍——馬門溪龍，有身體微小的細頸龍，還有最最兇猛的霸王龍；我飛到了外星球，我見到了頭大身子小的外星人，我用「語言翻譯器」和他們聊起天來；最後我穿越到幾百年後的未來，那時的一切都變得那麼奇特。

　　每當我讀故事書的時候，我就會和主人公一起感受喜怒哀樂。我看到灰姑娘和王子一起幸福生活

的時候，我覺得善良的人最終會有好的結果，我為他們高興；我看到小劉胡蘭被兇殘殺害，我感到非常憤怒，我為她傷心，也佩服她的勇敢；我看到《皇帝的新裝》裏的笨皇帝時，我感到太滑稽了，他的虛榮心讓他顯得非常可笑。

 練兵場 2 　閱讀下面這篇遊記，試着加個開頭，讓它和結尾「唱山歌」。

美麗的武夷山

宋凱

　　沿山路，登天遊峰，是驚險的。我們登峰之時，正值雨後初晴。白茫茫的煙雲，瀰漫山間，宛如置身於凌霄寶殿，跟嫦娥姐姐遨遊於天宮瓊閣，翩翩起舞，可能這就是「天遊峰」名稱的由來吧。天遊峰是武夷第一險峰，上山九百多級，下山九百多級，那層層疊疊的石階，彷彿是一根細細長長的繩子纏在峰頂，又猶如一條威武雄壯的巨龍盤在山間。我們爬得氣喘吁吁，大汗淋漓，差點半途而廢。但是周圍引人入勝的美景和一覽眾山小的決心，還是讓我們堅持了下來。

　　乘竹筏，遊九曲溪，是愜意的。九曲溪顧名思義分九個曲，水流時緩、時急。緩慢時溪水碧綠如翠玉；湍急時溪水深沉如墨玉。綠水映着青山，就好像大自然這個能工巧匠雕琢出的神奇作品。我坐在竹筏上，竹筏晃晃悠悠，緩慢地往前划動。微風輕輕拂過我的臉頰，流水不時地拍打着我的雙腳，感覺涼絲絲的，就像剛吃了個冰激凌一樣涼爽舒服。聽着艄公幽默風趣的講解，聽着採茶姑娘美妙

動人的歌聲，我陶醉在這如詩如畫的景色中。

武夷山，它的山，它的水，真是太美麗了。

21　題目結尾相呼應

■　結尾，不但可以和開頭「唱山歌」，而且也可以和作文的題目像唱山歌一樣互相呼應呢。讀一讀下面的作文，想一想，可以加個甚麼題目，讓題目和結尾「唱山歌」。

今天，突然狂風怒吼，下起了傾盆大雨。

今天的風真大呀！大風搖撼着大樹枝葉，一會兒像戰場上的千軍萬馬在吶喊，一會兒像大海的狂濤怒浪在翻騰。我打着傘艱難地向前走，而風憋足了勁兒，把我往後拖，好像我身後拉了一個沉重的大箱子。害得我走起路來也是跟跟蹌蹌，隨傘而舞，傘東則東，傘西則西。可憐的傘也被風雨折磨得體無完膚，鋼條

都露出來了，還差點從我的手中飛脫而出。

　　今天的雨真急呀！時響時沉，有時如金聲玉振，有時如大珠小珠落玉盤，有時如百鳥爭鳴，有時如兔起鶻落，讓我浮想聯翩。看到地上被大雨打落的花瓣，這不禁讓我想起孟浩然的詩句：「夜來風雨聲，花落知多少？」腦海裏也同時閃現出《紅樓夢》裏林黛玉葬花時吟誦的詩句：「花謝花飛飛滿天，紅消香斷有誰憐？」我想：如果黛玉還活在世上，她看到這滿地的殘花，一定會哭得梨花帶雨、肝腸寸斷了吧！

　　雨依然在下，風呼喚着雨，雨追趕着風，整個天地都處在風雨飄搖之中。

　　我們可以從結尾中，選擇一個詞語「風雨飄搖」來當題目。是不是十分精彩呢？這樣一來，題目與結尾也呼應起來了。

　　再來看一篇，想想題目可以怎麼改，就能和結尾「唱山歌」了。

春遊

　　寒假過後，我們準備進行一場春遊，目的地是我市的文化公園，我心裏邊特別開心。

　　前一天晚上下了一場大雨，導致地上有很多積水，天上也是灰灰的。正當我們出發的時候，老天爺偏偏又下起了雨，我們的春遊計劃只能暫停，我們的心情瞬間變得跟天氣一樣昏暗。

　　可是老天爺有眼，沒有給我們絕路，雨不久就停了，於是我們開開心心地出發了。同學們都高興得手舞足蹈，有的還跳起舞來。

　　到了目的地，同學們都拿出事先準備好的零食吃了起來。這大概引起了老天爺嫉妒吧，很快天又下起雨來，我們十分無奈地返回了學校。

　　我們的春遊夢就這樣破滅了。

　　我們可以根據結尾，把原來的題目改成「春遊夢破滅記」，這樣題目和結尾就能「唱山歌」了，而且題目也

能與內容緊密聯繫起來了。

　　一起走進練兵場，演練一下吧。

練兵場 ① 如果將這篇作文的題目改成「春遊變奏曲」，我們該添加甚麼結尾，才能與題目相呼應呢？

練兵場 ② 如果將作文題目改成「有頭無尾的春遊」，該怎樣添加結尾，才能與題目相呼應呢？

練兵場 ③ 如果結尾變成「哎，我可憐的春遊，就這樣『夭折』了！」請你試着改題目，讓題目與結尾相呼應。

附錄：小標點的大作用

　　小朋友，你知道嗎？標點符號的作用也很大呢！

　　有這樣一個故事，抗日戰爭時期，日本侵略者為了要斷八路軍的糧食，在牆上寫了這樣的標語：「糧食不賣給八路軍。」誰知，機智的老百姓在「賣」字的後邊加了一個逗號，就成了：「糧食不賣，給八路軍。」哈哈……意思全反了。相信侵略者看到這個逗號，要氣得冒煙吧！

　　讀了這個故事，我們知道，標點雖小，作用卻很大呢。讓我們一起在標點王國學習小標點的大作用吧！

有些孩子在寫作文時，不重視標點符號的使用。

以下是《中秋賞月》的片段：

> 　　我拿起月餅，走到窗前，正好一片雲朵掩住了月亮的身影，它把月光從雲朵的周邊映射出來，在四周鑲成了一個燦爛的光環，那光環托着雲朵從月亮秀麗的面龐輕輕拂過，淡淡的、柔柔的，如流水一般，透過窗戶傾瀉下來，地板如同鍍了銀，變得流光溢彩，美如幻境。

這個片段中逗號太多。這樣就導致了景物的描寫層次不清，略有混亂。我們在觀賞景物時，景物是整體進入我們的視線的，而我們在描繪這些景物時，需要有先有後。

我們可以添加句號，適當修改，把這句話分成幾句話，讓景物的描寫更有層次。如：

> 　　我拿起月餅，走到窗前，正好一片雲朵掩住了月亮的身影。月光從雲朵的周邊映射出來，在四周

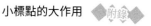

鑲成一個燦爛的光環。雲朵從月亮秀麗的面龐輕輕拂過。月光淡淡的、柔柔的，如流水一般，透過窗戶傾瀉下來。地板如同鍍了銀，變得流光溢彩，美如幻境。

再來看一個例子：

今年暑假，我欣賞了氣勢澎湃的貴州黃果樹瀑布，遊玩了美如仙境的湖南東江湖，最讓我難忘的是回老家摘龍眼。

這個片段可以修改成：

今年暑假，我欣賞了氣勢澎湃的貴州黃果樹瀑布，遊玩了美如仙境的湖南東江湖……最讓我難忘的，是回老家摘龍眼。

添加省略號，意指暑期裏發生的事還有很多；添加

逗號，意在強調後半句的內容。

　　另外，我們在「擬題招式大放送」那一節中也學過，標點符號可以讓題目的內涵更加豐富哦。在一些文章的題目中，也常常用到標點符號呢！如：

> 《「精彩極了」和「糟糕透了」》《中國國際救援隊，真棒！》《東方明珠，璀璨的明珠！》……

　　一起走進練兵場，演練一下吧。

 練兵場　　 請為下面的這段話添加標點。

　　關愛是甚麼　關愛是一瓶礦泉水　當你口渴時　給你帶來清涼　關愛是一雙有力的手　當你摔倒時　扶着你重新站起來　關愛是一聲鼓勵　當你心灰意冷時　給你帶來希望

參考答案

 第一章

01　表示「看」的不同詞語

1.「緊盯」和「注視」，表示目不轉睛地看。

2.「端詳」，指仔仔細細地比較、觀察，發現不容易發現的東西。

3.「環顧」，表示朝着四面八方看。

4. 既然是「偷偷地」，那就應該選擇「瞄」了。

02　表示「說」的不同詞語

1.「說道」改為「打趣道」。

2.「說」改為「喊道」。

3.「對我説」改為「叮囑我」。

4.「生氣地説」改為「責備他們」。

03　表示「想」的不同詞語

1. 直接刪除多餘的「他想」。

2.「心想」改為「後悔極了」。

3.「心想」改為「疑惑不解」。

解析：用明確表示自己心情的詞語，如「奇怪」、「後悔」、「疑惑不解」，來代替「想」。

04　正確運用「的」、「地」、「得」

1. 地

2. 地、的

3. 的、得

4. 的、的、得

05　結合上下文，表達「有」

1.「流淌着」。解析：用「流淌着」，就把小河活潑的樣子寫出來了。相信你也想到這個詞了，或者，你的答案更棒。

2.「橫跨着」/「架着」/「立着」。

3.「掛着」。

4.「住着」。

5.「佈滿」。

6.「開放着」。

06　寫好比喻句

1. 成了、好似、如同。

2.(1) 好似。 (2) 如、如、如。

07　用對量詞，用好量詞

一（隻）羊　一（頭）牛

一（條）蛇　一（匹）駿馬

一（把）刀　一（支）筆

一（本）書　一（塊）橡皮

一（輛）車　一（張）牀

一（盞）燈　一（棟）樓房

一（袋）米　一（朵）花

一（杯）水　一（筐）西瓜

解析：正確答案並非只有一個。如，一袋米，也可以說成一把米；一朵花，也可以說成一束花。填入不同的量詞，表示的意思往往會有區別。

08　一定要用「然後」嗎？

晚飯後，我和爸爸又拿來一箱四方形的大煙花和一卷百子炮。爸爸先把百子炮鋪開，用打火機點

燃。頓時，響起了震耳欲聾的「噼哩啪啦」聲，過了好久才停止。**接着**，我也壯着膽子，用那顫顫巍巍的左手點燃了大煙花的導火線，**立刻**又以閃電般的速度衝到了 20 米開外，便在那裏觀賞起大箱子裏噴出的一朵朵美麗的煙花來。

解析：

第一個「然後」可以換成其他的關聯詞，如「接着」。

第二個「然後」，可以換成「立刻」。

最後一個「然後」，乾脆連同前面的句號，一起刪除吧。

第二章

09　抓中心句，寫出結構

1. 有的（像蜜蜂的「嗡嗡」聲）；有的（像小鳥的「啾啾」聲）；有的（像小狗的「汪汪」聲）；有的（像人在打呼嚕）……

2.（1）迷人的季節；豐收的季節。（2）實在有些古怪。

10　搭過渡句，寫出連接

1. 牠不但有一身亮麗的衣服，而且飛行起來姿態優美。

2. 略。

3. 略。

11　造對稱句，寫出美觀

1.「東瞅瞅」與「西望望」、「一團團」與「一簇簇」、「白的似雪」與「紅的似火」對稱。

2.「柳樹抽出了嫩綠的枝條」與「小草冒出了尖尖的腦袋」、「蜜蜂的嗡嗡聲」與「朗朗的讀書聲」對稱。

12 　佈排比句，寫出氣勢

　　1. 樹木接到了春風姐姐的通知，長出了嫩綠的枝葉，打扮出一個綠色的春天。

　　2. 金黃的　雪白的　充滿了希望。

13 　變提示語，寫出錯落

　　1. <u>媽媽輕輕拍了拍孩子的肩膀，說：</u>「孩子，還在修改作文呢？放下筆，來吃中飯吧。下午再修改！」

　　2.「孩子，還在修改作文呢？放下筆，來吃中飯吧。下午再修改！」<u>媽媽輕輕拍了拍孩子的肩膀說。</u>

　　3.「孩子，還在修改作文呢？」<u>媽媽輕輕拍了拍孩子的肩膀，說，</u>「放下筆，來吃中飯吧。下午再修改！」

14 　長句變短，寫出節奏

　　1. 一個個胖乎乎、圓滾滾的包子出籠了！包子的表面捏了花紋，外形像個皮球。

2. 在春天明媚燦爛的陽光下，我們來到了廣場花園，這裏綠草如茵，鮮花盛開。

3. 記得有一次晚上，媽媽正準備做肉餃時，發現配料用光了，媽媽便吩咐爸爸去樓下奶奶那兒拿一下配料。爸爸正蹺着二郎腿，優哉悠哉地玩着手機。

15 句子排隊，寫出順序

1. 平靜的湖面猶如一面巨大的鏡子，倒映着蔚藍的天空、潔白的雲朵、一幢幢高大的樓房……

2. 春天，小院是五顏六色的。一盆盆花兒競相開放，有雪白的茉莉花，有粉嘟嘟的杜鵑花，有伸展着黃色枝條的迎春花，還有一些不知名的小花，簡直就是花的海洋。

3. 讀了《維生素 C 的故事》後，我知道哥倫布不僅是一個偉大的航海家，還是一個善良的、重情重義的、視船員如兄弟的人。

16 題目內容心連心

下棋的樂趣 / 鬥棋 / 棋趣 / 「棋」樂無窮

解析:「快樂的一天」這個題目有點大,一天中,快樂的事情有很多。作文寫的到底是哪一件具體的事情呢?因此,題目與作文的內容聯繫得不夠緊密。而「下棋的樂趣」/「鬥棋」/「棋趣」/「『棋』樂無窮」之類的題目,就與內容聯繫得更緊密了。

補充一點:如果作文要求以「快樂的一天」為題,就不需要在題目上費腦筋;如果是題目自擬,就需要考慮與內容聯繫得更緊密一些。

17 擬題招式大放送

1. (1)「今生金飾」是賣首飾的。 (2)「無餓不坐」是吃飯的。 (3)「聯幫調茶局」是喝茶的。 (4)「衣衣不捨」

是賣衣服的。

2. 略。

18　多姿多彩開好頭

1. 聲音式：「嗚嗚嗚 —— 嗚嗚嗚 —— 」教室裏，是誰哭得這麼傷心啊？不用説，八成是我的同桌朱微豫。

2. 設問式：我們班有一個愛哭鬼，你猜她是誰？她呀，就是我的同桌朱微豫。

3. 比喻式：我有一個愛哭的同桌 —— 朱微豫，她的眼睛像小白兔的眼睛，總是紅通通的。

4. 比較式：我的同桌朱微豫，她簡直比林黛玉還愛哭。

19　這樣結尾更完整

陳卓鋭領導能力強，學習又認真，我真崇拜他！

20 開頭結尾相呼應

1. 讀書帶給我許多不一樣的奇妙感受，讀書真是一件非常幸福的事。

解析：

開頭寫道：「讀書能讓我們領略到許多知識，高爾基曾經說過：書籍是人類進步的階梯。閒暇之餘，我最喜歡的就是讀各種各樣的書，我發現讀不同的書所獲得的感受是不一樣的。」接着用三個自然段，分別寫讀歷史書、科幻書、故事書帶來的不同感受。

最後的結尾是：「讀書帶給我許多不一樣的奇妙感受，讀書真是一件非常幸福的事。」結尾總結全文，又和開頭形成了呼應。這篇作文就顯得非常完整。

2. 景色秀麗的武夷山，有奇峰，有碧水，有諸多美景。今年暑假，我與媽媽遊覽了嚮往已久的福建武夷山。

解析：

開頭寫道「景色秀麗的武夷山，有奇峰，有碧水，有諸多美景。今年暑假，我與媽媽遊覽了嚮往已久的福

建武夷山。」結尾寫道「武夷山，它的山，它的水，真是太美麗了。」頭尾呼應，而且與中間內容緊密聯繫。這樣的作文，稱得上是結構完整。

21　題目結尾相呼應

1. 聽了我們的春遊變奏曲，你是不是也和我們一樣無奈呢？

2. 這一場有頭無尾的春遊，真讓我們掃興！

3.「夭折」的春遊

附錄　小標點的大作用

？，，；，，；，，……

黄苗子人